COLLECTION POÉSIE

ROBERT DESNOS

Destinée arbitraire

Textes réunis
et présentés
par Marie-Claire Dumas
avec de nombreux inédits

nrf

GALLIMARD

AVANT-PROPOS

Sous le titre : Destinée arbitraire *qui est emprunté au premier poème de l'un des recueils contenus dans ce volume, le lecteur trouvera rassemblés :*

— trois recueils publiés par Desnos à petit tirage et désormais introuvables en librairie : C'est les bottes de 7 lieues cette phrase « Je me vois » *(1926)*, État de veille *(1943)*, Le bain avec Andromède *(1944)*,

— une plaquette de sept poèmes, éditée en 1957 : Mines de rien *et qui est aussi épuisée,*

— des poèmes inédits ou édités seulement en revue. Dans ce troisième groupe de textes, on peut distinguer diverses catégories.

D'une part, les recueils qui ont été constitués par Desnos lui-même, c'est le cas de Prospectus *(1919) dont un manuscrit se trouve à la Bibliothèque Nationale,* Youki 1930 Poésie, Les nuits blanches *dont les manuscrits sont conservés à la Bibliothèque Littéraire Jacques Doucet,* La ménagerie de Tristan, Le parterre d'Hyacinthe *et* La géométrie de Daniel *dont une copie dactylographiée est déposée à la Bibliothèque Littéraire Jacques Doucet, enfin* A la caille, *paru en 1944 dans la revue* Messages, *sous le pseudonyme de Cancale.*

D'autre part, nous avons regroupé, en fonction de leur

date de composition, des poèmes qui étaient restés épars — feuillets manuscrits, copies dactylographiées, parutions en revue. C'est le cas de Peine perdue *dont le manuscrit est à la Bibliothèque Nationale,* Bagatelles *dont une copie dactylographiée est déposée à la Bibliothèque Littéraire Jacques Doucet,* Ce cœur qui haïssait la guerre, *qui rassemble divers poèmes parus dans des revues clandestines en 1943-1944. Dans ces trois cas, le titre est de notre fait : nous l'avons emprunté à l'un des poèmes du recueil.*

En ce qui concerne Sens, *il s'agit d'un recueil que Desnos élaborait lorsqu'il fut arrêté en 1944. Sous ce titre Desnos projetait de rassembler tous ses recueils antérieurement parus à petits tirages, des poèmes dispersés et d'époques diverses, ainsi que ses toutes dernières productions. Sous sa forme ébauchée,* Sens *ne comportait que sept poèmes — les sept premiers que le lecteur trouvera sous ce titre; à ceux-là, nous en avons ajouté cinq autres, qui, en fonction de leur date, trouvaient là leur place la plus juste.*

Enfin, Destinée arbitraire *(ce titre est celui du premier poème de* C'est les bottes de 7 lieues cette phrase « Je me vois ») *s'achève sur deux proses publiées dans* Domaine public : Réflexions sur la poésie *(janvier 1944) et la* Lettre à Youki *(15 juillet 1944). Nous n'avons pas retenu le « dernier poème » qui,* via *une traduction tchèque, elle-même retraduite en français, n'est qu'une version contractée et apocryphe de* J'ai tant rêvé de toi.

Nous avons réparti l'ensemble des recueils de Destinée arbitraire *en trois sections qui correspondent à trois tranches chronologiques distinctes : d'abord les poèmes de 1919-1926; la dernière date correspond à la publication de* C'est les bottes de 7 lieues cette phrase « Je me vois »; *toutefois cinq des poèmes de ce recueil —* Jack l'égareur, Les gorges froides, Rencontre, Les grands jours du poète, Porte du second infini, *ont été publiés bien avant, dans* Littérature *n° 11-12 du 15 octobre 1923. C'est dire que la grande majorité des textes rassemblés dans cette première section sont antérieurs à l'acte de naissance du surréalisme que constitue le premier Manifeste d'André Breton.*

La seconde section regroupe des textes écrits entre 1930 et 1939, soit à l'intention de Youki, soit pour des enfants de proches amis — pour Tristan et Hyacinthe Deharme, pour Daniel Milhaud, soit enfin en réponse à des circonstances précisément déterminées — la montée du fascisme, la guerre d'Espagne par exemple. En cette décennie, Desnos, accaparé par la production radiophonique, ne publie plus — exception faite des Sans cou *parus en 1934.*

La troisième section correspond aux années 1943-1944; en cette période de guerre Desnos s'adonne passionnément à l'expérimentation poétique, qu'il ne dissocie d'ailleurs pas de sa lutte clandestine.

La P'oasis s'est-elle figée alors en son double ennemi, la Poésie? Pourtant Rrose Sélavy reste jusqu'au dernier moment présente :

« Tu, Rrose Sélavy, hors de ces bornes erres... » Hors des bornes d'un camp, hors des bornes d'un sonnet, Rrose Sélavy poursuit sa trajectoire.

Du plus délié au plus élaboré, du plus délirant au plus lucide : c'est peut-être entre ces deux limites que s'est jouée l'errance poétique de Desnos, sans que son étoile se fixe, sinon en une « destinée arbitraire ».

Pour l'édition des textes manuscrits, deux possibilités s'offraient à nous : ou bien publier le texte tel quel, c'est-à-dire peu ponctué, et présentant des alternances parfois assez déroutantes de majuscules ou de minuscules en début de vers ; ou bien, instaurer une certaine régularité à l'intérieur d'un même poème et déterminer une ponctuation.

Ce dernier parti eût été celui de Desnos ; il n'est pour s'en convaincre, que de comparer des manuscrits à leur version imprimée : Desnos a établi des ponctuations, régularisé la présentation des vers. Toutefois, en agissant ainsi, nous intervenions dans le poème, nous en imposions parfois une lecture, nous inscrivions des coupes là où le manuscrit procédait par coulées continues. Rien n'autorise l'éditeur à se mettre ainsi à la place du poète, fût-ce pour assurer une meilleure « lisibilité » de son œuvre. Nous avons donc respecté les données du manuscrit : le lecteur s'apercevra ainsi que les ponctuations inscrites par Desnos marquent, pour la plupart, des intonations fortes : exclamations, interrogations, points de suspension. Elles ont valeur expressive ; en revanche, les ponctuations qui règlent le découpage des phrases et des propositions dans la phrase sont presque toujours omises.

Les seules corrections que nons ayons introduites portent sur l'orthographe. Nous l'avons normalisée toutes les fois que l'interprétation du texte ne s'en trouvait pas modifiée. C'est ainsi que « lampadère » est redevenu « lampadaire », tandis que « Concarno », contaminé par Locarno et Bornéo, a gardé son o *final.*

*Ce que le manuscrit transmet, c'est la naissance de la parole, dans son élan et sa respiration : c'est cela que nous avons souhaité conserver, nous souvenant du vers leitmotiv de l'*Art poétique *qui ouvre* Sens :

Je suis le vers témoin du souffle de mon maître.

Nous tenons à remercier M. François Chapon et la Bibliothèque Littéraire Jacques Doucet, la Bibliothèque Nationale et enfin M. Michel Fraenkel pour l'aide qu'ils ont apportée à l'élaboration de ce recueil.

Marie-Claire Dumas.

I

1919-1926

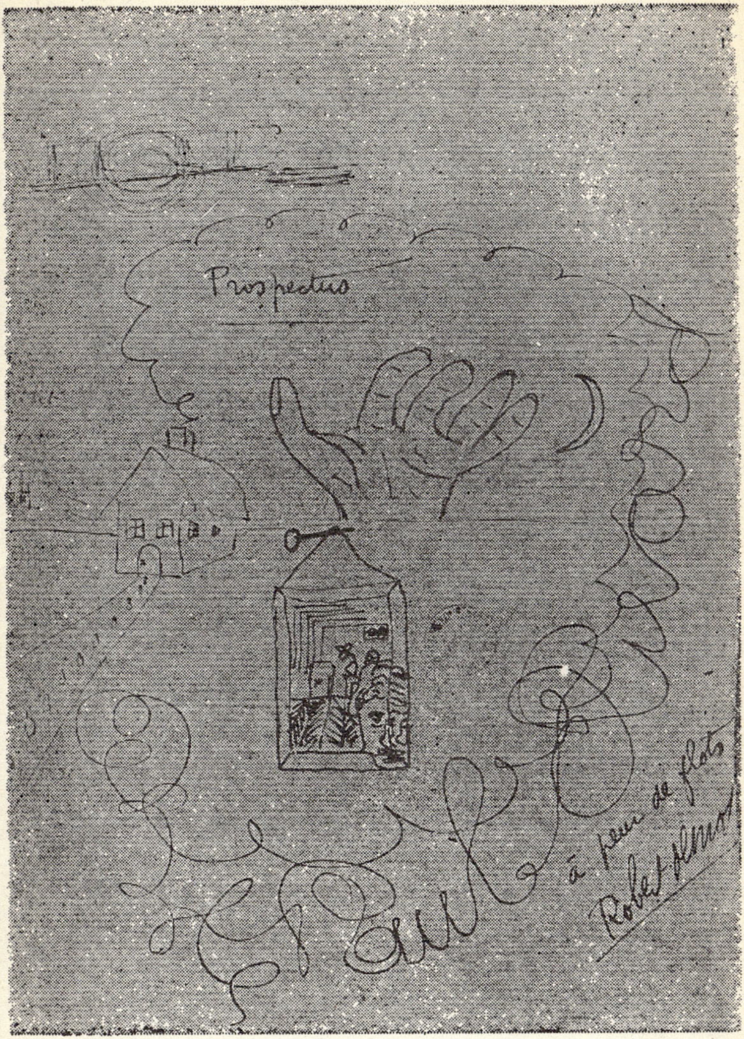
Prospectus
à peur de flots
Robert Desnos

Prospectus

1919

A Louis Aragon

DÉDICACE

Et j'ai dit qu'il fallait rire
et j'ai dit qu'il fallait chanter;
Laurent Tailhade, Apollinaire,
Je suis venu par les allées...

je suis venu jusqu'à la rade :
un cargo-boat y accostait,
on déchargeait des marmelades
de cœurs meurtris et de fruits blets.

Mais quand j'ai voulu savoir l'heure,
mais quand j'ai cherché mon cœur
dans la poche de mon gilet,
j'ai vu qu'un archer vainqueur
vers le soleil vous emportait!

✲

A René Crevel

Je suis passé dans une rue étrange
où des enfants blonds compissaient leurs langes.

A la porte d'un restaurant
un écriteau était collé :

ICI ON PEUT APPORTER SON MANGER

A la porte d'un hôtel meublé
un écriteau était collé :

ICI ON PEUT APPORTER SON AMOUR

✲

A Eugène et Lucienne de Kermadec

Mon tombeau mon joli tombeau,
il sera peint au ripolin
avec des agrès de bateau
et des tatouages de marin.

Sur mon tombeau un phonographe
chantera soir et matin
la complainte du guerrier cafre
navré d'un coup d'œil libertin.

Sur mon tombeau un phonographe
récitera cette épitaphe

LIBERTÉ ÉGALITÉ FRATERNITÉ

*

A Benjamin Péret

Si tu chantes la Marseillaise
pourquoi faut-il qu'il te déplaise
de la chanter sur l'air de complainte sensible
de tel petit navire au mousse comestible.

Calligraphie les factures
et vérifie les additions,
tu marieras des rimes après la fermeture
et des alexandrins pendant tes ablutions

Métro — chemin de fer de ceinture.
Faits divers — table de nuit —
Bougie — réveil matin —
Une fois par mois cinq francs aux putains —
chaque soir à sept heures le potage attendu —

LES MANUSCRITS NON INSÉRÉS NE SONT PAS RENDUS

✲

J'entrai dans le grand magasin
au rayon de la quincaillerie
le commis lisait Francis Jammes
et pendant deux heures il me fit la réclame
en alexandrins.

Il consentit enfin
à me vendre un piège à rat.
Quand je sortis il faisait nuit,
une femme fardée m'accosta :

Elle avait lu Francis Jammes
et pendant deux heures elle me fit la réclame
en alexandrins.
Elle avait une carte qu'elle montra :
Elle était

BREVETÉE S.G.D.G.

✲

A Pierre Scordel

Sur les tempes le père a deux virgules
Il sait jouer du clairon
Vous pourrez lire son nom
sur les murs des cellules
des casernes d'Afrique.

Pour exciter les mâles
après dîner dans les rues transversales
La mère
rattache sa jarretière

La fille est bonne à tout faire
à tout faire chez un vieux monsieur

Et maquillé le fils dans les bars clandestins
à l'entour de la Madeleine
du soir au petit matin
erre comme une âme en peine.

Il déjeune tous les jours dans cette famille
Il y boit tous les jours la même camomille
Il y mange tous les jours de la

CUISINE BOURGEOISE

✡

A Paul Smara

Elles sont mortes les abeilles
au cimetière des Lilas
Si vous voulez du chocolat
Mettez deux sous dans l'appareil

Il est mort notre Apollinaire
et mort aussi Laurent Tailhade
Cinq abeilles volent dans l'air
et les sirènes de naguère
pour moi s'abattent dans la rade

Meurent les porte-lyre
le rimeur Jean Aicard
ouvre la bouche en tirelire

SI VOUS VOULEZ DU CHOCOLAT
METTEZ DEUX SOUS DANS L'APPAREIL.

5.11.19

*

Si vous allez chez l'épicier
Prenez du poivre de Cayenne,
Une escadre ce soir va-t-elle appareiller
Sur une mer de sauce tomate et de rhum?

Allez chez l'épicier de la rue Saint-Sauveur
Il y a prime à TOUT ACHETEUR

Petit garçon qui veux aimer
Connais-tu l'épicier d'amour?
C'est au Palais des Courtisanes

IL Y A PRIME A TOUT ACHETEUR.

✡

A Jacques Baron

Va-t'en chez le tailleur
en sifflant le God save the king
Pour le veston ou le smoking
IL FAUT LAISSER DES ARRHES

Va-t'en chez le fripier des semaines à venir
uniforme de pompier,
camisole, froc ou tunique :
à ton goût tu pourras choisir.

Mais les semaines du passé
jamais ne pourront revenir
chez le fripier de ton destin

IL FAUT LAISSER DES ARRHES

✡

A Max Morise

Chicago
Les tramways font un bruit de pâte à beignets
quand on la met dans l'huile.

Dans la prairie il y a un cow-boy :
Il crève les étoiles à coups de revolver
pour éterniser la naissance de son fils.

Caché derrière un caroubier il dort
le pirate de la savane oublié dans un roman de Gustave
Aymard.

Dans la prison de Chicago il y a un assassin poitrinaire
par trois dames aux mains blanches aux yeux d'émail
par un docteur aux lunettes d'écaille
par un clergyman rasé au rasoir star
soigné

Courage! ont dit les trois dames aux mains blanches
Courage! avait dit le docteur à lunettes d'écaille
Demain il pourra se lever
Courage a répété le clergyman rasé au rasoir star
Demain il pourra se lever
et quand il pourra se lever
on l'emmènera se faire électrocuter.

1917-1919

⁂

A Georges Gautré

Il est interdit de cracher par terre
et le plafond est de forme circulaire.

Une poule a pondu
sur les fauteuils de cuir et d'or
mais nul coq du futur
n'en sortira jamais Poussin.

Les œufs à la coque
nul ne les a brisés
Vienne un bandit de l'Orénoque
en Peau-Rouge déguisé.

Bouche ouverte à l'instar d'un ténor
Jean Richepin lit un discours
sur la rosière de Nanterre,

IL EST INTERDIT DE CRACHER PAR TERRE.

✲

Je sais un champion de billard
qui porte perruque et lorgnon
qui à Londres, dans le brouillard,
avec la femme d'un mercier
FAIT L'AMOUR AUX PETITS OIGNONS
sans l'aimer ni la remercier.

Dans ce fromage il a laissé
quatre molaires et son faux nez.
Passez-moi le sel de Ninive
Servez, servez-moi des olives,

Pour évoquer dans mon assiette
La Canebière et la Joliette.

✲

Au bordel d'Épinal
sont trois carmes déchaussées
Elles administrent les damnés
avant l'entrée à l'hôpital

Soldat de bois soldat d'amour
frais sorti d'une image d'Épinal
les échassiers sur la Moselle
Trempent une patte dans l'eau sale

Aimes-tu bien les Demoiselles ?

Sitôt sorti va voir le magicien
de son bocal il sortira
trois perles d'or et deux d'argent

Il te les donnera

*

Dans un cocktail couleur tango
je buvais les yeux de ma belle :
l'un est vert l'autre mirabelle,
je buvais les yeux de Margot.

Margot mon rêve, au pas d'un tango,
a piétiné l'image frêle,
ses yeux aux couleurs rebelles
troublés par mon chalumeau.

Le divin cocktail de ses larmes,
par un beau soir à Monaco,
O fées Méditerranéennes
Je l'ai bu au son d'un tango.

QUATRAIN
POUR UNE DAME ISRAÉLITE
NOUVELLE ACCOUCHÉE

Sur l'augural berceau propice et pérennel
Splendit l'astre advenu au ciel pur de Noël.
Je vois dans le futur ayant fées pour marraines
Le fils de votre arcane étonner les sirènes.

1918

NEUVE JEUNESSE

Nous irons au cinéma
Rendre nos devoirs à Charlot
Mais n'irons-nous pas sur l'eau
Visiter YOKOHAMA?

Le nègre des Batignolles
où est-il? et son banjo?
La putain qui m'appelait coco
et qui posait les vierges folles?

Les cerises en sac de papier
que je croquais dans mon dodo
Polichinelle et le Pompier
qui chantaient ho ho ho ho?

Toutes les fleurs de Colombo,
tous les whyskies de Singapour
et les remparts de Saint-Malo
et les débris de mes amours

La mer a noyé tout cela

Je ne suis plus qu'un petit garçon
qui mange du chocolat
et qui joue au ballon

PROSPECTUS

Tous les vieillards dans la maison
Ont détraqué leurs pendules,
Il fait nuit en toute saison
Dans la maison des trop crédules.

Ils ont renversé les potiches
La concierge a rompu le cordon,
Tous les vieillards de la maison
Ont des chevelures postiches.

Montent les cris de la rue;
Voici frissonner leurs bedaines,
Voici sonner sonner le glas
Et passer le cri de leur haine
Raccommodeur

FAIENCE ET PORCELAINE.

✲

La marchande des quatre saisons
Vend du muguet et des cerises
Pêle-mêle.

Il y a des fleurs au parc Monceau
Y vont jouer les petits garçons
qui portent culottes courtes et larges
et font rouler des cerceaux.

Le soleil avec les cerceaux
joue sur le sable des allées.

Dans un autre parc
Il y a des fleurs en fil de fer
Et des cerceaux en porcelaine.

Y viendront les petits garçons
Jouer à cache-cache.

La porte du parc des fleurs en fil de fer
et des regrets éternels en papier
Est en tôle de première qualité
Avec un écriteau d'émail bleu :
« ENTREZ SANS FRAPPER. »

Peine perdue

Mon cher ami,

Un flocon c'est le silence et taisez-vous voici la femme
La renoncule au cœur d'ivoire mire un visage accablé
Regret tu n'es que le grincement d'une clef dans une serrure à minuit.
L'ombre s'échappe avec de grands cris avant l'entrée du locataire
La renoncule ajuste sa robe qui découvrait un sein
étreignez-moi dit-elle mais la porte est fermée
Quand vous me rencontrerez j'exige que vous vous décoiffiez
Alors je pourrai continuer ce chemin sans borne et sans arbre
Cristal des lèvres! Ô manteau du poète

PEINE PERDUE

Permettez-moi dit le jeune Espagnol de vous offrir cette cigarette. Il me tendit sa cravate. Deux détectives s'approchèrent mirent les menottes aux poignets de Pedro et s'en allèrent me laissant seul avec la cravate

Une femme vêtue de bleu passa devant moi puis une autre vêtue de rouge puis une autre vêtue de sucre candi.

Elles avaient toutes les trois une plaie au menton. Illusion d'optique ainsi va l'amour au gré des balances des marchandes de quatre saisons. La femme vêtue de bleu me prit le bras droit et la femme vêtue de sucre candi le bras gauche. La Prison était éclairée à l'électricité. Respectueusement le concierge me conduisit à la cellule de Pedro.

— Venez-vous prendre le thé? lui dis-je.

Nous descendîmes dans la rue

Un bal s'ouvrait sur la place nous dansâmes toute la nuit et au lever du soleil nous suivîmes la foule jusqu'à la place du gouvernement. Une estrade y était dressée avec une potence

— Au revoir me dit Pedro et il monta sur l'estrade

Un cul-de-jatte mit en mouvement une boîte à musique le bourreau suspendit Pedro dans l'espace

Je cherchai partout la cravate qu'il m'avait donnée on l'avait pendu avec. Quand je relevai la tête mon ami était bien mort. La pointe de ses bottines s'allongeait démesurément en s'affilant comme un espadon.

Je l'abandonnai et trouvai cent mètres plus loin la femme en jaune elle tenait quelque chose dans la main

— Vous connaissez Pedro, lui dis-je

— Oui, dit-elle, il était toréador.

POINT DU JOUR

Le trois nivôse an II de la République Roger se dressa sur son lit. Des têtes de nègres mugissaient sur les fleuves et l'on suspendait le clergé français par les pieds aux lampadaires de l'avenue de l'Opéra.

Debout Roger s'écria :

« Je m'appelle Robert Desnos la plume au vent c'est la honte des femmes fécondées. Écoutez écoutez la Marseillaise qui porte vers les frontières un petit peu de vinaigre et du feu central.

Allons Patrie mort des enfants
L'arrivée n'est pas la gloire
des tyrans que tu baises
au front levé des étendards
Marchons marchons
Que du sillon sorte le sang. »

Trois caméristes lui passèrent sa chemise, son fin caleçon de soie sa veste de velours à côtes, son casque, son sabre, ses allumettes, son mouchoir et un petit drapeau en cas de grand besoin. Quand il fut prêt il fit à l'historien habituel de sa famille la sanglante histoire transcrite ci-après.

« Volontaire de l'an II je suis monté sur l'estrade dressée place de la Révolution. Des messieurs en redingote s'y tenaient enrubannés de soie tricolore comme des moutons de comice agricole. Un petit vieux en avait fait des papillotes. Les autres s'étaient contentés d'orner leurs oreilles pour réparer l'irréparable surdité de leur sexe. Un tambour battait sinistrement au bas des marches. Sur un calicot on lisait « La Patrie est en danger ». C'est alors que devant la marche triomphale de l'ennemi, de l'ennemi abhorré, détrousseur de filles et voleur de pendules, de l'ennemi dont le ventre était Brunswick et la tête Goethe, c'est alors que les jeunes gens de seize ans et les vieillards se disputèrent la gloire de marcher vers un honorable trépas. Les campagnes alors étaient parsemées de drapeaux.

Au bas des marches ronflaient les tambours. Les pères et les fils, les larmes aux yeux, à l'idée de la patrie relevaient leurs pantalons longs jusqu'au-dessus des genoux et ils montaient vers les vieillards. Ceux-ci leur donnaient des livres reliés de toile rouge et dorés sur tranche, des couronnes de lauriers en papier doré, des livrets de caisse d'épargne. De joie la populace s'enivrait dans les faubourgs. Mais moi ma couronne sur la tête, mon livret de caisse d'épargne dans ma poche, je me cachais pour lire le livre qu'on m'avait donné.

Le titre était « Sauve qui peut. »

« Un jour, commençait l'auteur, je rencontrai sur une route une femme merveilleuse elle avait des seins de poissons et ses yeux murmuraient à l'âme des choses impondérables. Mon père que ce commerce intriguait, dépensa sa fortune à provoquer des accidents de chemin de fer pour causer la mort de la belle inconnue. Peine perdue ils s'épousèrent et leur fils, fils de ma maîtresse fut spécialement dressé par un orang-outang à repriser mes chaussettes et à provoquer des courts-circuits buccaux dans mon individu... »

J'aurais continué cette poétique lecture si Robespierre n'avait posé sa main sur mon épaule. Nous étions sur une colline. Il me montra l'œuvre de la Guillotine. Quatre cent mille têtes jonchaient les marais. Des femmes leur suçaient la cervelle. Fou de joie à ce spectacle j'embrassai Robespierre. Il posa sur moi un long regard triste et doux, m'étreignit sur sa poitrine et, avant de se dissoudre en fumée odorante de cigarette anglaise il me dit :

« Tu t'appelleras Danger de mort. »

24.7.22

SUR L'AUTRE RIVE

L'aveugle tendit sa main à la reine
La reine lui tendit sa bouche
Miracles vous vous flétrissez sur mon chemin!
On bâillonne mes amies
à quoi bon parler le langage des yeux
et des mains
je compulse un dictionnaire de langue inconnue
alphabet pareil aux réverbères le long de l'avenue
je suis l'esclave de certaines lettres distinguées,
Lettres de haine, je vous écrivis toutes
c'était en Août
Je me demandais si j'étais capable d'amour
ou de haine
mon porte-plume stylographe écrivit sous ma dictée
malgré ou selon sa volonté
Dans un bagne de femmes sous les tropiques
C'est là que devait se trouver ma bien-aimée
Le couperet s'ébrécha sur son cou large

Les arbres se dépouillent et deviennent des mains
Quand je n'aurai plus ni pied
ni main
j'aurai des ailes encore
Ô crimes quelle différence y a-t-il entre vous
et la mort des roseaux ?
Un jour je serai un amant surprenant
Toutes les femmes m'aimeront
mais j'ai tellement peur de ne pas comprendre.

LE JOLI CAMBRIOLEUR

Le brouillard c'est tes yeux mais tes yeux sont un oreiller alors ?
Je voudrais bien dormir mais on tire toujours la sonnette à ma porte.
Une rumeur monte des faubourgs comme une chevelure
Ta poudre de riz séduira les fossoyeurs.
Ils ne t'enterreront pas et tu pourriras comme une fleur d'archipel
Je pêche des poissons merveilleux avec des fleurs au bout de mon hameçon.
Mais la femme
Un jour, c'était quinze ans après les événements que nous venons de raconter
Une corniche tomba du sommet d'un palais
C'était la tête d'une cariatide
La guillotine est démontée pour longtemps
Le sang de tous les condamnés coule dans mes veines
Au détour d'un passage faiblement éclairé

je la rencontrerai.
je ne lui dirai rien
je serai seul comme depuis avant ma naissance
avec une dorade dans ma main droite
une lampe électrique dans l'autre
un œil fermé
une porte fermée
et pas de clef.

✲

Et voilà que tout un cimetière navigue sur le canal de la Marne au Rhin Les bateliers deviennent une série de larmes amères suspendus entre chair et peau près de la ville de Peine.

Gardes célestes vous dressez contravention aux ballons captifs ces forçats du paradis

Mais des forbans noirs salissent vos ailes noires avec la fumée. C'est les bottes de 7 lieues cette phrase « je me vois » on y voit jour et nuit à volonté Le roi de l'univers n'a pas d'autre talisman

Mon cœur petit cercle de fumée attire le regard du fumeur illettré qui ignore la lettre L.

✲

Sa majesté le verre dans son palais de glaïeul
Sur un mol oreiller de flon flon
Chaque mort entre par la porte et sort par la porte.

L'éphémère devient éphéméride à la date du
19 septembre
Le système pour déchirer le voile des vierges
et celui de l'au-delà
est le même

C'est-à-dire un caractère nocif
écrivez-moi
depuis Charles Quint je sais ce qui se passe
après ma mort.

Je meurs au présent en écoutant
la nudité des rêves interpréter
à regret l'absence d'ambassadeurs qualifiés à leur bal
costumé
Le carabinier volontaire
éteint les lumières de la musique

LA PLATEFORME DOMINAIT LA VILLE

« Si elles tissent, les fils de leurs toiles doivent avoir l'épaisseur d'un câble. » — Ne bougeons pas — La porte est fermée. Leurs pattes molles molles et velues passent sous le chambranle. Elles vont barricader le corridor. Il est toujours minuit sur l'herbe verte et dans ses jupons jaunes une fille de dix-huit ans se déshabille au clair d'un lampadaire électrique : Les agents se promènent comme des mouches dans ma ville natale. Les araignées! Les araignées, ah! ah! nous sommes douze comme les heures et les œufs douze comme les cerises dans l'assiette de ma bien belle douze comme les apôtres. Il est deux heures il est deux heures cinq, dix, le quart ah! ah! malgré verrou et chaînes voici l'araignée géante. Cette araignée avait deux mètres de haut, elle ouvrit sans difficulté la porte barricadée et entra. Elle prit l'un des hommes et l'emmena. On entendit le bruit de ses pas s'éloigner comme quatre hommes. Elle avait deux mètres de haut.

Les onze qui restaient devant la porte ouverte contemplèrent longtemps le corridor obscur qui les fascinait puis ils refermèrent la porte et la clouèrent. A trois heures un quart une autre araignée géante entra et ainsi en fut-il à tous les quarts passés chaque heure. Les trois qui restaient à 10 heures 20 laissèrent la porte ouverte à quoi bon de solides geôliers gardaient les issues où plus frétillantes que des sardines les terreurs jouaient à la manille aux enchères. Une demi-douzaine de mains sur une table simulent une bataille de l'empire. Nous en avons vu de pareilles de tous temps.

Et ceci se passait dans une petite maison blanche et rouge, entourée de barrières blanches dans des champs plus verts que le vert-de-gris des cuivres déterrés. Le ciel bleu devait son intensité à une poussière jaune qui lui aussi le verdissait. Les tumulus pesants étaient jaunes. Et depuis trois jours les araignées cernaient la maison. Une à une elles entraient d'heure en heure et prenaient un homme et lui suçaient les parties molles. Elles se reposaient après comme de grands carrosses sur le gazon tragique. De chacun de ces corps le sang en se répandant traçait un dessin bizarre et rigoureusement géométrique. Au flanc d'un coteau à l'horizon de beaux hommes vêtus de blanc de belles jeunes filles vêtues de blanc jouaient au tennis avec des balles noires et brillantes. On entendait leur voix par instant : « Play! » « Out! » ...« Ready? ». Un chemin de fer au loin passait en poussant son cri. Sa fumée jaune mettait une queue aux tumulus. Au troisième wagon une portière ouverte battait de l'aile. On apercevait l'intérieur du compartiment. Sur les banquettes reposaient un joli chapeau de femme orné d'une aigrette pleureuse et une paire de bas neufs. Puis de nouveau la verdure rejetait un peu de fumée. Play! Out! Ready.

Dans un remorqueur, sur la Seine, passaient les animaux du désert. L'heure était écoulée; une araignée rentrait dans la maison pour son funeste repas.

L'un des trois derniers retira son veston et sa chemise. Play! Out! Ready! Il n'avait pas de poils sur la poitrine et les deux autres l'imitèrent.

Ma chère belle murmurait le jeune homme dans le bar. Elle lui passa le bras autour du cou et ils burent au même verre. L'orchestre jouait : les verres cliquetaient. Amour amour tu uniras ces jeunes corps qui deviendront corps. Ces lèvres gourmandes de confitures et de fumée odorante. Car le tabac est atmosphère d'amour. Prends-les, amour petit cube de verre, et mène-les jusqu'à la rivière. Ils se baigneront nus face à face. Toutes les amirautés célestes battent pavillon à ton étoile.

Cependant mon vocabulaire est pauvre quand je parle aux femmes. Un moustique plane très haut au-dessus de moi et fait plus d'ombre qu'un vautour géant, toute ma personne en est noyée. C'est l'ombre qui m'entraîne aux souterrains avec des pressions de doigts engageants et qui, coupant ses cheveux attire sur mes pas les poux horribles dont les cadavres perdus en pleins champs sans gardien sentent la lancinante caresse et le baiser desséché, afin que, montant jusqu'à ma propre chevelure, ils ne me contraignent à devenir pour moi-même un féroce guerrier selon les usages traditionnels des ancas et des commanches.

LA RIVALITÉ DU CORBEAU ET DE LA FEMME A QUI L'ON A COUPÉ LES AILES

HISTOIRE DE 1923

histoire de mon cœur
frais comme une rose
les frissons qui parcourent
le réseau infranchissable
(et je connais peu de choses
aussi ténues sauf le
tissu de votre robe) des
regards
à peu d'intervalle de temps
Dans une rue proche
Le beau militaire quotidien
s'habille en curé
pour charmer les réverbères
Voici venir le temps où les colonies
flamberont comme autant
de cristaux solitaires
la manière de véhiculer
l'amour mondial
changera mais en pure

perte
Je vous dis ces choses
machine à coudre le silence
et le temps
Mais quand le soleil se
lèvera
Vous ne pourrez que dire
il est mort.

LE MARCHÉ AUX OISEAUX

Le corridor s'allonge à perte d'âme
Félicité reine des rêves
Une bouteille qui s'ouvre libère un colibri
poursuivi par la Justine divine
Ceci est notre couteau
Ceci est notre cerveau
Ceci est votre chemin
Tremblante haleine des filles : échelles d'où
descendent de longues caravanes de flammes
La locomotive dit que c'est elle qui a
dérobé le portefeuille
De toutes parts les amies montèrent à l'assaut
Le dentiste hésitait entre un baiser et un
colibri le même
Quand il se releva qu'il était vieux
L'évêque consacre les artichauts devant le
nouveau Dieu attaché à un aimant
Une colline singulière du crime et châtiment
Le cycliste saute et retombe à reculons dans la vie

✲

Ce jour-là la mer extérieure fut supprimée par décret
de grands décombres s'entrouvrirent sur des chemins d'ébène
L'informe logique astique ses meubles à la moelle des os
Ricanement nom d'une vierge
dans une rue dans une maison dans une salle à manger
ils sont à table tous les trois mais les plats et les bouteilles
s'emplissent au fur et à mesure qu'ils mangent
nous sommes ainsi trois ou quatre cygnes de proie
qui nageons sur le bois verni vers des perspectives de fleurs
fleurs fanées ne vous réincarnez pas Le jardinier
de son pouce matriculé vous donne un nom ridicule
Le phonographe recommence pour la trente et unième fois
l'énumération de mes idées.
depuis la naissance du monde intérieur
vous qui souffrez rappelez-vous
que telles sont mes dernières volontés !
Un bœuf chaque soir viendra sur ma tombe
meugler
et le matin
les femmes de mon chemin d'ébène
s'étrangleront avec mes cravates !

✲

La caravelle est morte, l'horizon replié
Qui ferme ainsi la porte quand je veux oublier
J'ai passé 4 fois le double océan noir
Où nagent les requins aux yeux tristes et vermeils

Mais les rouges soleils qui se couchent le soir
N'ont jamais éclairé mes paumes fraternelles.
Où sont les fous à lier. J'ai crevé leurs prunelles
Tous les fous par milliers vous reparleront d'elles

Le requin qui se noie en regardant le soir
N'a jamais soupçonné la lointaine merveille
Dont les yeux des amants qui sont morts après boire
Auraient pu lui confier le secret à l'oreille

Ô dieux des anciens jours à vos vieilles potences
J'ai placé le drapeau 3 couleurs la démence
Et j'ai plongé mes doigts dans les flots silencieux.
Écoutez les cloches, déboulez les roches.

*

Les réverbères de chaque côté de la rue s'éteignent à l'heure où je me lève. Mais nul ne les rallume à l'heure où je me couche. Taisez-vous, taisez-vous, 4 fois, la cloche qui sonnera, la campanule qui criera, comme crient les animaux à gueule large. La mer, le fleuve, le ciel, les astres. Tout au bout des raquettes.

Ah! il n'était que 5 heures. Voici la petite lumière, trop petite pour les doigts des petites filles, le bracelet, le ciel, les astres et tout, tout, tout. O my boy, where is the sky. Je lui ai répondu que les réverbères étaient éteints.

✡

Les flots à pleine gueule avalent
ta merde et masturbe-toi.
Ta peinture sera comme ta cervelle,
plus opaque que le pied droit d'une vieille demoiselle.

✡

Et la mort liquide
Mais où est l'autre vierge au bord des autres cieux
J'accrocherai la corde au lampadaire étrange
Où se brûle son aile, un beau troupeau des anges.
Mais l'église est splendide où dorment les parfums
Amour poète défunt

✡

Ô cieux j'ai sanctifié le destin des départs
En plantant 4 clous au drap des étendards.
Mais les cieux n'ont pas vu le sang bleu de la soie
Ni le vautour de marbre au banquet de mon foie.
J'ai traversé le pont, puis la rue attentive
Le prêtre à me bénir a perdu ses hosties
La maîtresse aux beaux yeux la douce et fugitive
De la cité des morts m'a montré la sortie
Sachez donc que je suis, vieux palmier, vieux désert
L'ange 3 fois ailé dont les 6 mains battantes
Ont laissé de leur plume à la porte battante
Et la mort me connaît mais je suis au dessert,
Au dessert de la chair des vautours de l'Amour
Et l'amour des vautours n'a pas plié son front
Sur le marbre des tours.

✲

La dissection des crânes
La vivisection des cerveaux
Le partage des viscères
La solution des pensées
Le secret des énigmes
Le chloroforme des morts
Les vaccins du rêve
Les ampoules à cauchemar
Les ventouses à idéal
Et le grand service de l'enterrement des vivants

Le laborat à ressusciter
La table des morsures
L'oreiller des moralistes
L'édredon des dieux
Le sommier sans soupirs
L'affûtage des scalpels à pensées
La meule à souvenirs
et la lime à voluptés.

A LA HOLLANDE

La chevelure au vent courtisanes lascives
Vont vers toi les locomotives.

Tous les moulins de Don Quichotte
Tournent autour de tes marais,
Et des cygnes de porcelaine
Évoluent en flotte
Au long des quais.

Chez toi le soleil est rouge et rond
Comme une pomme d'api
Tes canaux sont laqués

Hollande!

Ô Chine minuscule!
Où l'on joue aux boules avec des fromages,
Je t'ai créée selon l'esthétique des rêves.
Amsterdam aux toits dentelés
Avec ses juifs et ses banquiers
Et le diable dans le clocher
Comme le conte Edgar Poe.

Forêts où les ermites cherchent des attitudes
En harmonie avec la solitude

Brocanteurs chez qui l'on trouve des grimoires
Bijoutiers qui font du tapioca avec des perles

Haarlem où poussent les tulipes
Sous l'œil des paysans fumant leur grosse pipe
Sérieux comme des mandarins

Hollande!

Et tes marins
Qui rapportent des perroquets
Par-delà tes dogues
Par-delà les océans
De Java et de Sumatra
Où les poètes ont des oiseaux-lyres
Où dansent les serpents charmés par les fakirs

Hollande!

Je t'imagine telle que notre quai
De Béthune et l'écluse de la Monnaie

Ta gente reine Wilhelmine
N'est-ce pas la princesse Maleine
La fée Morgane a mis ses mitaines
Et tu souris avec les affiches du cacao Van Houten
Avec ton casque d'or et tes balances
Comme la justice
Mais toi seule es restée debout
Triomphatrice
A l'offertoire

Et tous les peuples
Comme des criminels
Écrasés par leur victoire
Sont courbés à tes genoux

POÈME POUR MARIE

Il en est des mythologies comme des bûches
perdues au fond des bois
Elles brûlent longuement avec des flammes
en forme de cœur
Et le ciel à leur insu flambe et roule et crève et saigne.
Où donc est-il ce cœur inconnu
Ce cœur de ténèbres et d'éclairs
Ce cœur d'orage
Qui saigne le soir sur le lit des amants.

Ils s'éveillent parfois
Et, sentant sur leurs fronts, tomber goutte à goutte
ce sang d'origine inconnue
Ils rêvent que le crime rêvé
Le crime,
l'éternel
crime
d'amour
Crève sur eux
Crève et s'étoile et s'illumine
Ô torrents de flamme et d'eau.

Et si jamais jailli des abîmes hurlants
L'océan de délices où se perdent les cœurs
Monte sa marée lente auprès des murs sanglants.
Nous dirons que la nuit s'affale sur nos sœurs.

C'est les bottes de 7 lieues
cette phrase « Je me vois »

DESTINÉE ARBITRAIRE

A Georges Malkine

Voici venir le temps des croisades.
Par la fenêtre fermée les oiseaux s'obstinent à parler
comme les poissons d'aquarium.
A la devanture d'une boutique
une jolie femme sourit.
Bonheur tu n'es que cire à cacheter
et je passe tel un feu follet.
Un grand nombre de gardiens poursuivent
un inoffensif papillon échappé de l'asile
Il devient sous mes mains pantalon de dentelle
et ta chair d'aigle
ô mon rêve quand je vous caresse!
Demain on enterrera gratuitement
on ne s'enrhumera plus
on parlera le langage des fleurs
on s'éclairera de lumières inconnues à ce jour.

Mais aujourd'hui c'est aujourd'hui
Je sens que mon commencement est proche
pareil aux blés de juin.
Gendarmes passez-moi les menottes.
Les statues se détournent sans obéir.
Sous leur socle j'inscrirai des injures et le nom de mon pire ennemi.
Là-bas dans l'océan
Entre deux eaux
Un beau corps de femme
Fait reculer les requins
Ils montent à la surface se mirer dans l'air
et n'osent pas mordre aux seins
aux seins délicieux.

PORTE DU SECOND INFINI

A Antonin Artaud

L'encrier périscope me guette au tournant
mon porte-plume rentre dans sa coquille
La feuille de papier déploie ses grandes ailes blanches
Avant peu ses deux serres
m'arracheront les yeux
Je n'y verrai que du feu mon corps
feu mon corps!
Vous eûtes l'occasion de le voir en grand appareil
le jour de tous les ridicules
Les femmes mirent leurs bijoux dans leur bouche
comme Démosthène

Mais je suis inventeur d'un téléphone de
verre de Bohême et de
tabac anglais
en relation directe
avec la peur!

L'AIR HOMICIDE

A Charles Duhamel

Le pylône met du noir à ses yeux
L'Olympe et le paradis et les forêts
C'est comme les vieilles ampoules électriques
On suce maintenant la poésie au téton pointu
de ces seins homicides et lumineux
L'orage est une marque d'automobiles pour
les amants invisibles de la lumière
Les canons de fusil comme autant de bouches de héros
coupent leur langue et la jettent aux cœurs insolents
L'amour comme un poisson nage dans le vitriol
La magnéto centrale la magnéto centrale
eh bien la magnéto centrale quoi quoi
le rossignol! celui du Japon!
La terre la mer et ton sein tremblent
et les armées comme une avalanche
Je vous dis qu'elles auront ma tête
ô mort
bel alpiniste dans l'armure du prince blanc!

FAIRE PART

Sur le pont du navire la couturière fait le point
couturière taille-moi un grand paon de mercure
je fais ce soir ma dernière communion
La dernière hirondelle fait l'automne
D'entre les becs de gaz blêmes
Se lève une figure sans signification.
Statues de verre flacon simulacre de l'amour
Vient la fameuse dame
Facteur de soustraction
avec une lettre pour moi
Mon cher Desnos Mon cher Desnos
Je vous donne rendez-vous
dans quelques jours
On vous préviendra
Vous mettrez votre habit d'outre monde
Et tout le monde sera bien content.

QUE VOULEZ-VOUS QUE JE VOUS DISE?

A Théodore Fraenkel

C'est la pure vérité
Comme un manchon
Ma belle dame mettez vos deux mains
dans le bec de gaz

nous y verrons plus clair
Vous êtes perdue si vous ne m'égratignez
pas un peu
pour voir
plus clair
Un bateau s'arrête et fait son
testament
Les champs de blé réclament longuement la coiffure à la
frégate.
Le mystérieux concierge enfonce
avec précaution sa clef dans ton œil
après vingt ans on est prié de dire son nom
mais la postérité n'exige pas de carte d'identité
à vos souhaits
Les miens sont simples
qu'on me donne à boire durant toute la mort
qu'on me fiche la guerre.

MAIS JE NE FUS PAS COMPRIS

A André de la Rivière

Dans quelle corolle as-tu caché tes pouces
Amour muselière et menottes
tu m'empêches de compter les jours
mais les nuits il n'en est pas une que tu ne tigres
un raz de marée lave les maisons
elles sont bleues maintenant
Crête des montagnes où se coupe le souvenir
Il tombe flasque de chaque côté

en éclaboussant mes yeux d'orange
Le nom de Dieu est une plaque de cuivre
bien astiquée à la porte du ciel.
Mais essuyez vos mains avant de prier.

CORDE

A Décaris

Si j'aime les trains c'est sans doute parce qu'ils vont
plus vite que les enterrements
dernier tango tu n'es qu'une sonnerie de clairon au fond
d'un corridor
J'enfile lentement des serrures dans mes doigts
Le crime dessine une parabole et retombe lourdement
sur ses pieds
Vous et cet autre vous et cet autre, vous ne fuirez pas
Les fleuves suspendus oscillent au gré des changements
de lune
La prodigieuse marée commence enfin
il vient des amants de partout
il en vient de colibri
il en vient de rose
La liberté belle noyée d'aluminium blanche et touchante
surnage sur les flots
Tout à l'heure elle s'envolera
et nous ne la reconnaîtrons plus
Au secours!
Je vais être noyé!

TES AMANTS ET MAÎTRESSES

A Janine

On n'inscrit pas d'initiales à la craie
dans la forêt blanche de l'amour.
Un éternel faucheur efface les tableaux noirs des calculateurs
ville de gélatine complaisante aux araignées tu trembles à ma voix
La fumée tient une grande place dans ma vie.
Et quelque tigre féroce a décalqué
sur ma poitrine le reflet de ses yeux jaunes.
Une enceinte de tabac et d'iris
Voilà la forteresse
du tribunal de la
rivière où voltigent
cent poissons.

JACK L'ÉGAREUR

A Denise

Dans les trémies du ciel
un archange nage, comme il sied, vers une usine.
Faux-monnayeurs que faites-vous de mes ongles ?
J'ai lu dans le journal un roman dont j'étais le héros
toujours à l'aise quand il fait pluie.
Mon cœur bat l'extinction des feux,
Mes yeux sont la nuit.

Je veille mes lendemains avec anxiété.
Au bout d'un an et deux jours...
alors il se fit une journée de pluie d'or et les sept phares merveilleux
du monde...
Escadres souterraines ne vous approchez pas de mon tombeau :
Je suis employé à déclouer les vieux cercueils
pour répartir équitablement les ossements
entre les anciennes sépultures
et les neuves.
Quelle profession? Profession de foi tu ne figures pas au Bottin.
Les photographes rougiraient si vous les regardiez en pleurant.
Je suis un mort de fraîche date.
Si vous rencontrez un corbillard déchaussez-vcus,
Cela fera du bien au mort.
Il se lèvera,
il se sortira,
il chántera,
il chantera la chanson des quadrilles
et dans le futur on verra les nouveau-nés arriver au monde
escortés de squelettes.
Ce ne seront partout que grossesses de géantes,
Il sera de bon ton chez les élégantes
de faire monter en bague
les larmes solides des morts à l'occasion des naissances.
Amour haut parleur, sirène à corps d'oiseau,
je vous quitte.
Je vais goûter le silence cette belle algue où dorment les requins.

LES GORGES FROIDES

A Simone

A la poste d'hier tu télégraphieras
que nous sommes bien morts avec les hirondelles.
Facteur triste facteur un cercueil sous ton bras
va-t'en porter ma lettre aux fleurs à tire d'elle.

La boussole est en os mon cœur tu t'y fieras.
Quelque tibia marque le pôle et les marelles
pour amputés ont un sinistre aspect d'opéras.
Que pour mon épitaphe un dieu taille ses grêles!

C'est ce soir que je meurs, ma chère Tombe-Issoire,
ton regard le plus beau ne fut qu'un accessoire
de la machinerie étrange du bonjour.

Adieu! Je vous aimai sans scrupule et sans ruse,
ma Folie-Méricourt, ma silencieuse intruse.
Boussole à flèche torse annonce le retour.

RENCONTRES

A Jacques Baron

Passez votre chemin!
Le soir lève son bâton blanc devant les piétons.
Cornes des bœufs les soirs d'abondance vous semez
l'épouvante sur le boulevard
Passez votre chemin!

c'est la volute lumineuse et contournée de l'heure.
Lutte pour la mort. L'arbitre compte jusqu'à 70.
Le mathématicien se réveille et dit
« j'ai eu bien chaud! »
Les enfants surnaturels s'habillent comme vous et moi.
Minuit ajoute une perle de fraise au collier de Madeleine
et puis on ferme à deux battants les portes de la gare.
Madeleine, Madeleine ne me regarde pas ainsi
un paon sort de chacun de tes yeux.
La cendre de la vie sèche mon poème.
Sur la place déserte l'invisible folie imprime son pied
dans le sable humide.
Le second boxeur se réveille et dit
« j'ai eu bien froid »
Midi l'heure de l'amour torture délicatement
nos oreilles malades.
Un docteur très savant coud les mains de la prieuse
en assurant qu'elle va dormir.
Un cuisinier très habile mélange des poisons dans mon assiette
en assurant que je vais rire.
Je vais bien rire en effet.
Le soleil pointu les cheveux s'appellent romance dans la langue que je parle avec Madeleine.
Un dictionnaire donne la signification des noms propres :
Louis veut dire coup de dés
André veut dire récif
Paul veut dire etc.
Mais votre nom est sale :
Passez votre chemin!

LES GRANDS JOURS DE POÈTE

Les disciples de la lumière n'ont jamais inventé que des ténèbres peu opaques.
La rivière roule un petit corps de femme et cela signifie que la fin est proche
La veuve en habits de noces se trompe de convoi.
Nous arriverons tous en retard à notre tombeau.
Un navire de chair s'enlise sur une petite plage. Le timonier invite les passagers à se taire.
Les flots attendent impatiemment Plus Près de Toi ô mon Dieu!
Le timonier invite les flots à parler. Ils parlent.
La nuit cachette ses bouteilles avec des étoiles et fait fortune dans l'exportation.
De grands comptoirs se construisent pour vendre des rossignols. Mais ils ne peuvent satisfaire les désirs de la Reine de Sibérie qui veut un rossignol blanc.
Un commodore anglais jure qu'on ne le prendra plus à cueillir la sauge la nuit entre les pieds des statues de sel.
A ce propos une petite salière Cérébos se dresse avec difficulté sur ses jambes fines. Elle verse dans mon assiette ce qu'il me reste à vivre.
De quoi saler l'Océan Pacifique.
Vous mettrez sur ma tombe une bouée de sauvetage.
Parce qu'on ne sait jamais.

II

1930-1939

Youki 1930 Poésie

UNE VILLE

Dans la ville où l'on pend le diable par les cornes
Dans la ville ouverte et fermée
Dans la ville où l'on tient comptoir pour tous les désirs

Dans la ville sans feu ni lieu
Dans la ville sans foi ni loi
Dans la ville sans fieux

Dans la ville où l'on s'amuse
Dans la ville où l'on pleure à froides larmes
Dans la ville d'onze heures
Je ne sais pas très bien ce qui se passe
Car je n'y suis pas encore allé.

BOUQUET

Trois pensées trois coquelicots trois soucis
Trois soucis trois roses trois œillets
Les trois roses pour mon amie
Les trois œillets pour mon ami
Les trois coquelicots pour la petite fille si triste
Les trois pensées pour mon ami
Les trois soucis pour moi.

FONTAINE

La fontaine brisée m'a dit quelle était sa vie
Toujours mouillée toujours pleurant
Et les terrifiantes histoires que raconte l'eau
Quand elle sort de terre
Les poissons monstrueux qu'elle a portés
Et patati et patata
Ce n'est pas une vie rose
Que la vie d'une fontaine brisée.

SIRÈNE

Il n'était pas une fois
un beau château au centre d'un désert
nul ne tentait d'en franchir l'accès
dans un bassin
y nageait une sirène

Il n'était pas une fois
ou plutôt si Il était il était une fois
Il est encore au centre du désert
derrière les hauts murs
une sirène nageant dans un bassin

Solitude silence eau sans clapotis
Rien ne viendra-t-il troubler
la nage régulière de la sirène

C'est elle immuable qui nécessite
Le mouvement des aiguilles sur les cadrans
C'est elle qui règne sur la respiration
Sur celle des amants et celle des dormeurs

Sur celle de celui qui rêve
Sur celle de celui qui aime
Sur celle de l'amante éperdue

Voici que l'orage se lève dans son uniforme d'encaisseur
Enjambe l'horizon
Se brise aux monts
Et dans la splendeur de l'arc-en-ciel
Se dérobe en un fleuve odorant
Se brise aux piles du prisme des couleurs

Sur la campagne agenouillée
Dans ce fleuve au bon parfum
Voici que nage la sirène
Immense dans le ciel à marée haute
Elle passe au-dessus des champs
au-dessus des villes

L'éclat de ses écailles est celui de l'éclair
Sa queue d'un mouvement lent
balaie les nuages

Le paysage retourne au soleil
La sirène à son palais lointain

Tout cela peut se voir
Quand l'orage gronde
Quand il s'enfuit sous l'arc-en-ciel

Mais il est d'autres orages
Il est des paysages du cœur
Il est d'autres sirènes.

CHANTEPLEURE

Chantecaille fleur des rues
Chantepie fleur des bois
Chanteloup fleur des eaux
Chantamour fleur des nuits
Chantemort fleur des pois

Pleurivresse fruit de l'aube
Pleurétreinte fruit des yeux
Pleuraccueil fruit des mains
Pleurémoi fruit des lèvres
Pleurez-moi fruit du temps.

LA PETITE GERTRUDE

Aujourd'hui n'est pas mi-carême
Ni mardi gras
Pourtant la petite Gertrude met des bas bleus.

Elle met des bas bleus sur ses jambes
Sont-elles jolies ?
La soie est-elle assez fine ?

Elle met des bas bleus aujourd'hui
Elle n'en mettra pas demain
Car elle n'en a qu'une paire de cette couleur

Et nous devons penser, lui faire l'honneur de croire
Qu'une femme comme elle change de bas
Comme de chemise.

LA LAIDE AU BOIS DORMANT

Si vous alliez à la chasse en automne
Vous rencontreriez sûrement dans la forêt
Un cerf un lièvre et un faisan

Cela vous entraînerait loin sûrement
au château de la laide au bois dormant
Si vous alliez à la chasse en automne

Vous éveilleriez la laide au bois dormant
Si laide qu'elle ne rêverait pas
Si vous alliez à la chasse en automne

Vous diriez à la laide au bois dormant
« Tu es bien laide si laide que nous partons »
Et croyez-vous qu'elle en mourrait?

Mais non bien sûr elle n'en mourrait pas
Elle répondrait que ce n'est pas vrai
Tout de go, de but en blanc

Et qui sait peut-être aurait-elle un amant
Dix cent mille amants
à ne plus pouvoir dormir

Tout cela arriverait sûrement
Si vous alliez à la chasse en automne

Ô cerfs! ô lièvres! ô faisans!

SOIR

Jadis un cœur battait dans cette poitrine
Il ne battait que pour elle
Le cœur bat toujours mais on ne sait plus pourquoi

Celui-là a clos ses lèvres à jamais
Il ne dit plus Il ne dira jamais plus
le mot amour

Peut-être le cœur bat-il toujours pour elle
Il bat sûrement encore pour elle
Mais il bat dans le silence

Ce doit être une triste nuit
Que la nuit de celui-là
Qui écoute battre son cœur

Il l'écoute il bat comme aux grands jours
Comme aux jours délicieux
Comme aux jours d'illusion

Mais l'amour n'a plus le droit de se révéler
Par la parole de ce veilleur acharné
Obstiné à aimer et à souffrir

Et si elle aussi a un cœur
Un soir elle viendra à pas de loup
Fermer ces yeux qui fixent son image dans l'obscurité

Et mettre sur le silence de cet amour
Le silence immense et sifflant du sommeil
Mais alors elle apparaîtra dans un rêve
Et tout sera à recommencer.

A L'AUBE

Le matin s'écroule comme une pile d'assiettes
En milliers de tessons de porcelaine et d'heures
Et de carillons
Et de cascades
Jusque sur le zinc de ce bistro très pauvre
Où les étoiles persistent dans la nuit du café

Elle n'est pas pauvre
Celle-là dans sa robe de soirée souillée de boue
Mais riche des réalités du matin
De l'ivresse de son sang
Et du parfum de son haleine que nulle insomnie ne peut altérer
Riche d'elle-même et de tous les matins
Passés présents et futurs
Riche d'elle-même et du sommeil qui la gagne
Du sommeil rigide comme un acajou
Du sommeil et du matin et d'elle-même
Et de toute sa vie qui ne se compte
Que par matinées, aubes éclatantes
cascades, sommeils,
nuits vivantes

Elle est riche celle-là
Même si elle tend la main
Et doit dormir au frais matin
Dans sa robe crottée
sur un lit de désert.

ROSALIE

La petite Rosalie peigne ses cheveux odorants
Le vent le vent passe à travers les rideaux de tulle
La petite Rosalie n'a ni amie ni amant
Le vent le vent s'attelle à la charrue du houx

La petite Rosalie joue à la marelle
Le vent le vent gonfle la voile des navires
La petite Rosalie n'a pas de chance au jeu
Le vent le vent se met en boule et fait ron-ron

La petite Rosalie passe ainsi tous ses jours
Le vent le vent s'épuise aux tôles des cheminées
La petite Rosalie chantonne une chanson pas bien gaie
Le vent le vent change de nom et de direction

Avant l'hiver c'était l'automne
Avant l'automne l'été et le printemps
La petite Rosalie deviendra la vieille Rosalie
Le vent le vent soufflera sur ses engelures

La vieille Rosalie décomptera ses amours
Le vent le vent se fatiguera aux éternelles semailles
La vieille Rosalie enfin mourra
Le vent le vent soufflera sur son tombeau

Et qu'est-ce que cela peut bien nous faire.

NUITS

Femmes de grand air
Femmes de plein vent
Est-ce que la nuit est douce pour vous

Femmes de plein vent
Rôdeuses rencontrées à l'aube
Est-ce que la nuit ne vous déchire pas

Femmes de grand air
Laboureuses perdues dans les plaines
Est-ce que la nuit est une moisson pour vous

Femmes de plein vent
Marchandes de poissons aux mains crevassées
Est-ce que la nuit coule vite pour vous

Femmes réveillées au petit jour
Femmes traînant au travail des pieds meurtris
Est-ce que la nuit est sans écho pour vous

La nuit est-elle douce ?
La nuit vous déchire-t-elle ?
Moissonnez-vous la nuit ?
La nuit coule-t-elle vite pour vous ?

Femmes de grand air
Femmes de plein vent
Femmes de la nuit de l'aube et du jour
Rôdeuses laboureuses poissonnières
Aimez-vous le plein air
Aimez-vous le grand vent?

LE LOUP

Le loup n'a plus les dents longues
au temps des aubépines
Les yeux lueurs de brasier
Éclatantes étoiles
Figures de lac et de torrent
Neige forêt
Et sur tout cela comme dans les images
La zébrure d'un ruisseau de sang
Un traîneau fuyant au loin vers les forêts
La voix d'une petite fille
Loup y es-tu n'y es-tu pas
au temps des aubépines
au temps des pommes de pin.

MOURIR

Pour mourir sans regret il faut être si lasse
Pour mourir sans regret des désirs oubliés
Pour mourir sans chagrin pour mourir sans pitié
Faut-il détruire aussi les mains les yeux les faces

Celles-là qui sont nées choisies parmi les races
avec un cœur violent par nul amour plié
avec des membres durs que rien ne peut lier
Savent chercher la mort parmi les tombes basses

Mais celles qui aimaient celles qui dans leurs bras
surent garder parfois dans la froideur des draps
L'amant ou le mari jusqu'à défier les ombres

Fermeront leurs deux yeux par une nuit sans feux
Et jetant leur amour comme un dernier enjeu
Connaîtront le repos creux comme les décombres

LE BEL APRÈS-MINUIT

Plus blanche que la neige et les cristaux de sel
La flore de la nuit épanouit ses pétales
Et grandit remplissant les espaces du ciel
Où tel cheval d'azur hennit rue et détale

Vers des prairies semées de récentes étoiles
à travers des moissons d'astres et de reflets
Du feu de quatre fers éclaboussant les voiles
Il plonge au plus profond des ténèbres de lait

Déroulant le ruban des cycles abolis,
Les plus courts fléchissant au poids des crépuscules
Pour avoir de trop près soleils aux feux pâlis
approché la rougeur de la Lyre et d'Hercule.

Mais la lune à cette heure en robe de mariée
Traîne à ses talons blancs la nébuleuse et blanc
blanc comme le matin sur la mer pétrifiée
Le bélier de l'aurore apprête son élan

La comète à son front a mis ses étincelles
Belle négresse ô lune où vas-tu d'un pas lent
Retrouver ton époux aux yeux de mirabelle
Dont Vénus bassina le lit d'un corps galant

Champagnes ruisselez dans les constellations
Si les vins sont pareils aux étoiles liquides
Retrouvons ô Bourgogne en toi la création
Des monstres fabuleux de l'éther et du vide

Nous ferons apparaître en pressant les raisins
Mercure et Jupiter et le Cancer et l'Ourse
En dépit des flambeaux reflétés dans le vin
Et du soleil baigné dans la fraîcheur des sources

Toi bel après-minuit escorté de légendes
Entraîne encore un couple aux valses du désir
afin que le buveur lassé te redemande
D'emplir son verre avec le sang des souvenirs.

LA ROSE AU BORD DE SEINE

La rose qui fleurit
aux berges de la Seine
Fleurit après minuit
sur les pelouses naines

Sur les pelouses naines
où danse le sommeil
où chantent les sirènes
Près Pontoise et Corbeil

Près Pontoise et Corbeil
à la pêche à la ligne
Près Thommery et Creil
où chantent les vieux cygnes

où chantent les vieux cygnes
où s'échouent les noyés
Si l'amour est indigne
et se fait monnayer

Et se fait monnayer
Là où fleurit la rose
Faudra bien la payer
Si l'on aime sans cause

Si l'on aime sans cause
Sans cause elle a fleuri
Elle a fleuri la rose
En Seine près Paris

En Seine près Paris
Flottez joyeux cadavres
Doux amants et maris
jusqu'en rade du Havre

Jusqu'en rade du Havre
où s'arment les vapeurs
C'est l'amour qui vous navre
C'est la mort qui fait peur

LA FLEUR DU MOIS DE MAI

La fleur du Mois de Mai
fleurira dans trois jours
Et Marie aux yeux gais
avouera son amour

Celui-là qui l'aura
Pour femme et pour maîtresse
a l'œil bleu et le bras
Solide à la caresse

après Mai viendra Juin
après l'amour la haine
à l'époque des foins
Il brisera la chaîne

Il brisera l'anneau
Ses serments et ses rêves
Voguez voguez bateaux
Nous dormons sur les grèves!

PAS VU ÇA

Pas vu la comète
Pas vu la belle étoile
Pas vu tout ça

Pas vu la mer en flacon
Pas vu la montagne à l'envers
Pas vu tant que ça

Mais vu deux beaux yeux
Vu une belle bouche éclatante
Vu bien mieux que ça

DEMI RÊVE

abougazelle élaromire
Elaroseille a la mijelle
a la mirate a la taraise

Mirabazelle élagémi
Rosetaraise et cœurmira
Talatara miralabou

Elaseta cœurgemirol
a laubaucœur bauzeillabel
Il est huit heures il est romil

Il est bonjour au cœur de lune
Le ciel alors lagélami
Lagélasou lagésommeil
Lagébonneil Lagésonjour.

UN CONTE

Le petit poucet perd une multitude de clefs dans le sentier ténébreux de la forêt
Voilà pourquoi tant de portes se ferment
Pourquoi votre porte est fermée

Frappe à la porte à la fenêtre
Une lueur se promène de la cave au grenier
On entend le souffle de votre sommeil

Êtes-vous prisonnière dans votre maison ?
Les ténèbres de la forêt ne vous appellent-elles pas ?
La clef des champs est perdue
alors forcez la serrure

Réveillez-vous
Ne respirez plus si tranquillement
Mais surtout
surtout éteignez cette lumière
qui se promène quand vous dormez
qui se promène de la cave au grenier

LE RÊVE DANS UNE CAVE

Tant de flacons étaient brisés dans cette cave
que l'odeur du vin bu par le sable montait
Comme un brouillard d'octobre au-dessus des vieux
quais
Et les murs salpêtrés étaient jaunes de lave

L'araignée en filant sa toile balançait
son ventre de goulaffe enflé par ces fumées
ainsi qu'une frégate à l'heure où la marée
clapote et crève en l'ombre avec un bruit d'abcès

Belle frégate au nom fabuleux d'amoureuse
Ta sirène à la proue aux cheveux bien peignés
T'aurait-elle livrée aux crocs des araignées
que tu parus soudain dans la toile et nombreuses

Tes voiles que gonflaient d'infimes aquilons
Te poussaient toute blanche à l'assaut des ténèbres
noires comme une mer agitée et que zèbre
L'écume qui s'enroule au cou des tourbillons

Belle frégate blanche autant qu'une chemise
Par une lavandière oubliée dans un champ
Par une nuit sans astre et sur un fil séchant
Belle frégate vogue aux merveilles promises.

Car on n'entend nul autre bruit dans ce cachot
que l'eau qui pleure au sein des conduites sonores
Et que le bruit des pas montant montant encore
D'un attardé qui rêve aux douceurs d'un lit chaud.

L'OISEAU MÉCANIQUE

L'oiseau tête brûlée
Qui chantait la nuit
Qui réveillait l'enfant
Qui perdait ses plumes dans l'encrier

L'oiseau pattes de 7 lieues
Qui cassait les assiettes
Qui dévastait les chapeaux
Qui revenait de Suresnes

L'oiseau l'oiseau mécanique
A perdu sa clef
Sa clef des champs
Sa clef de voûte

Voilà pourquoi il ne chante plus

LA CRÉOLE

La créole qui danse
Encore à minuit
dansera jusqu'à l'aurore
jusqu'à midi et jusqu'à l'autre nuit

Les seins bandés
Et les yeux clos
Elle parcourt un beau pays
où la tendresse se mêle à la colère

Elle sera toute surprise
après la danse après l'ivresse
de retrouver la rue froide
La nuit précoce et les draps froids

Comme une Vénus inconnue
Surgissant de la conque blanche du lit
Elle reposera son beau corps
En rêvant d'un Olympe noir comme elle

Et des anges noirs comme du charbon
soulevant cette déesse de couleur
l'emporteront vers un pays de ténèbres
où brille un soleil éclatant et bleu

Là les amants sont tendres et méchants
Et ils comprennent ses chansons
L'amour ne les fatigue pas
Et la mer a le parfum des corps virils

Voilà la vie de la créole qui danse
Qui danse encore à minuit
Qui dansera jusqu'à l'aurore
Jusqu'à demain midi et toute l'autre nuit

MARÉE BASSE

Le verre brille sur le zinc de ce petit café
où s'échoue la nuit aux confins du jour
où parmi les foulards et les châles
Maints sanglots montent à la gorge du buveur
S'arrêtent et finissent en un éclat de rire

Le verre brille sur le zinc de ce petit café
Parce qu'une goutte encore tremble au fond
Une goutte rouge comme la pierre
Pas le rubis sur l'ongle non
Mais un beau bijou quand même

Voilà l'heure où il ferait bon s'éveiller
voir s'éclaircir le matin
entendre un pas sur le trottoir
La première fenêtre s'ouvrir
Et des amis matinaux s'interpeller dans la rue

Mais tout de même c'est l'heure où il fait bon ne pas dormir
quitte à ne s'être pas couchée
quand on est jeune et plein de vie
Et qu'il n'y a ni nuit ni jour
Pour vivre et boire et pour dormir et pour chanter

Il fait bon être ceux-là
que vous entendez encore rire et s'interpeller
à l'aube quand vous vous réveillez
gens qui dormez gens au cœur tranquille
que l'on entend rire le jour quand il fait bon dormir

LA CHANSON DU PETIT JOUR

La bague au doigt
que vous m'aviez donnée
Je ne sais si je dois
si je dois pardonner.

Dans la ville de Lille
Ils s'étaient séparés
Adieu! et par la ville
Tous deux étaient allés

Au labeur de la mine
Il noircissait ses mains
Du poussier pour l'angine
Du caillou pour la faim.

La bague au doigt
que vous m'aviez donnée
Je ne sais si je dois
si je dois pardonner.

Beaucoup souffraient pour elle
Elle avait de beaux yeux
Et qu'elle était donc belle
Avec ses blonds cheveux

si belle que pour elle
Beaucoup aimaient pleurer
amour à la cruelle
Vous nous réunirez

La bague au doigt
que vous m'aviez donnée
Je ne sais si je dois
si je dois pardonner

Il est mort en Décembre
noirci par le charbon
à l'heure où dans la chambre
auprès du feu fait bon

Il pourrit dans la terre
quelque part dans le nord
où l'on boit de la bière
Et tant pis pour les morts

La bague au doigt
que vous m'aviez donnée
Je ne sais si je dois
si je dois pardonner

Eh bien tant mieux pour elle
Et bien tant pis pour lui
Sachez vivre pucelles
Une vie sans ennui

Soyez riches méchantes
Et laissez dans vos cœurs
tomber des larmes lentes
En gardant les yeux rieurs

La bague au doigt
que vous m'aviez donnée
Je ne sais si je dois
si je dois pardonner.

LE BEAU JARDIN

au milieu du jardin se dresse la volière
où des toucans criards raillent les perroquets
et dans la tour en ruine accablée sous le lierre
Les yeux ronds d'un hibou allument des quinquets

Quand il fait jour dans les allées un éléphant
Mécanique s'agite avec des pas d'homme ivre
La biche avec audace y précède son faon
Et l'heure sur l'horloge est lente à se survivre

L'arôme du café flotte dans la cuisine
où le feu ronfle et chante au ventre du fourneau
où le couteau planté dans le beurre s'incline
vers l'oignon parfumé et le pain de gruau

C'est une carte postale
qui arrive de très loin
Voyageur boucle ta malle
Et repars sur ton chemin

adieu volière jardin
que l'on parcourut en rêve
Redonnez-moi mon gourdin
Il est l'heure, marche ou crève

Chantant la gloire des blondes
s'en vont les gais chemineaux
Les trains sifflent par le monde
Sur la mer vont les bateaux

Mais vous en verrez bien d'autres
Des villes aux toits d'acier
Des vins qui vaudront le nôtre
Flatteront votre gosier

Mais quel est donc votre nom
Ce nom est celui d'une autre
ne disant ni oui ni non
vous ne saurez pas le nôtre

En arrivant à l'étape
Demandez à l'hôtelier
De vous mettre sur la nappe
Le bon vin de son cellier

Si vous renversez le verre
vous en boirez un second
Et quitte à rouler par terre
vous viderez le flacon

Tandis que le jardin peuplé de beaux oiseaux
Dormira sous la lune et l'ombre des glycines
En mêlant au parfum des fleurs sous les arceaux
L'arôme du café sortant de la cuisine

CHANT DES CENT MILLE

au temps des Tournesols
au temps des Rosalies
Pierre Jacques et Paul
ont bu jusqu'à la lie
chante le rossignol

Le rossignol est imbécile
De chanter à perdre l'haleine
après une viennent cent mille
sur la grand'route de la plaine

Mais à la cent mille et unième
se terminera le cortège
Le vin est bu mais je vous aime
Il est trop tard voici la neige

au revoir cent mille et unième
Tu fus semblable à la première
Et l'on sait bien que ce qu'on sème
Fera le pain pour ceux derrière

Pour ceux derrière qui s'en viennent
Les cent mille au nom de vengeance
chacun son jour chacun la sienne
Et sur qui venger vos souffrances

au temps des Tournesols
au temps des Rosalies
Meure le rossignol
Et meurent de folie
Pierre Jacques et Paul

Il reviendra d'autres cent mille
jouant encore à pile ou face
Dites-leur face et tombe pile
Et reprenez votre besace

Et reprenez votre chemise
Et reprenez votre folie
Fermez la porte des églises
Et pourtant elle était jolie

jolie et folle et désirable
Mais de ses lèvres sans sourire
ne tombaient que mots raisonnables
comme des sous en tirelire

Trop riche enfant de solitude
Endormez-vous hors de vos songes
Cœur sec cœur mort sans inquiétude
votre sagesse était mensonge

Pierre Jacques et Paul
ont bu jusqu'à la lie
Le vin dur à plein bol
au temps des Rosalies
au temps des Tournesols

PIERRE A PIERRE

Pierre à pierre et pied à pied
Et cœur à cœur et tête à tête
Les beaux jours sont passés

Fil à fil et feuille à feuille
Et un à un et seul à seul
Les jours sont beaux et ne passent pas

Grain à grain corps à corps
Et côte à côte et main à main
Bien malin qui gagnera la bataille

Pierre à grain et seule à un
Et main à cœur et tête à cœur
L'amour est vaste comme le monde

LES CHARMES DE LA NUIT

Quand on confie son corps aux charmes de la nuit
Il semble voir paraître à travers la fenêtre
Le visage lointain de ceux que l'on connut
où étiez-vous ? où était-elle ? où serons-nous ?
Le temps qui s'abolit et renaît de lui-même
ne répond même pas aux questions des passants,
Ces fleurs qui s'effeuillaient ces souffles oubliés
ont atterri bien loin sur des terres nouvelles
on les voit resplendir à l'éclair des prunelles
dans un accent de voix dans un geste inutile
Ils mourront tous à l'heure dite à la va-vite
Ces yeux s'éloigneront ainsi que deux lanternes
que l'on voit disparaître aux routes en forêts
Ces yeux reparaîtront on reverra leur cerne
on ressent leur regard Eh quoi ce n'est pas eux
La vie est parcourue de fantômes futiles
De loin on reconnaît la démarche amicale
Et de près ce n'est plus qu'une vaine vapeur
Squelette ridicule ou burlesque brouillard
allez-vous-en allez-vous-en je ne crains plus
que le mystère enclos dans la réalité

SUR LA ROUTE

Sur la route parfois on rencontre des vignes
Dont les raisins mûris sont à portée de main
qu'ils sont bons! Et partons où serons-nous demain?
Car la feuille ressemble à la main par les lignes.

Mais chérissons le vin où se lisent les signes
sacrés de la jeunesse et des désirs humains
Le verre est bu, partons reprenons le chemin
qui naît au chant du coq et meurt au chant du cygne

Il reste cependant l'empreinte de nos verres
sur la nappe tracée. Aux mains des lavandières
La tache partira bientôt au fil de l'eau.

ainsi vont les serments belle fille qui chantes
Pour trinquer à plaisir en l'honneur des méchantes
Remplissez notre verre aux bondes des tonneaux

LE MORT QUI PARLE

Quand j'ai perdu ma bien-aimée
Elle était si fraîche
que j'admirais d'avance son visage
Sous les voiles de deuil

je perdis du même coup
mes trois enfants
mon buffet directoire
mon salon Louis XV
Et ci et ça et bien d'autres choses
Et toute ma fortune
Voilà ce qu'il a dit le mort
En somme Il avait perdu la vie
De quel droit parlait-il ainsi
Qui l'avait autorisé à prendre la parole?
on se demande de quoi les morts se mêlent maintenant
Pourquoi parlait-il
oui pourquoi
De quel droit
Quel insolent ce mort!

DANS UN PETIT BATEAU

Dans un petit bateau
Une petite dame
Un petit matelot
Tient les petites rames

Ils s'en vont voyager
Sur un ruisseau tranquille
Sous un ciel passager
Et dormir dans une île

C'est aujourd'hui Dimanche
Il fait bon s'amuser
Se tenir par la hanche
Échanger des baisers

C'est ça la belle vie
Dimanche au bord de l'eau
Heureux ceux qui envient
Le petit matelot

LA MATINÉE CONFIANTE

La route était aisée sous les arbres
Il se rappelait que quelques mois auparavant
Il avait rencontré une jolie fille qui s'appelait Caroline
Et marcher vite et encore plus vite
Cheval de nuage dressé cabré hennissant
quels parfums!
aux détours de la route la mer est bleue
L'air chaud et silencieux vibre
Il descend des hautes collines vers les plages
vite toujours plus vite
Il arrive à la baie
où cerné par des marins
mi-corps dans la mer
et armés d'épieux
Un grand poisson marin se débat dans l'eau pas assez profonde
Et se rapproche du sable sec et de la mort

La nuit suivante la porte de la maison isolée
Près des grands arbres
S'ouvre
En sort une femme
Elle disparaît à travers les ténèbres
Dans une direction inconnue

Beau paysage
Heureuse matinée
Heures passées

LE CANAPÉ DE PAMÉLA

Le canapé de Paméla
Le Panapé de Caméla
Le Panala de Camépé

Est un beau canaquois
Est un nabeau est un naquois
Charmante Panapé
Charmante Paméla

Le charme de Paméla
Le charme du canapé
Il est passé par ici
Il repassera par là
C'est un nabeau c'est un naquois
Charmante Paméla
Délicieux canapé

LA BELLE QUE VOILA

quand l'âge aura flétri ces yeux et cette bouche
quand trop de souvenirs alourdiront ce cœur
quand il ne restera pour bercer dans sa couche
ce corps aujourd'hui beau que des spectres moqueurs

quand la poussière infecte en recouvrant les choses
vêtira d'un linceul les désirs abolis
quand l'amour plus fané qu'en un livre une rose
ne sera plus qu'un nom sous des portraits pâlis

quand il sera trop tard pour n'être plus cruelle
quand l'écho des baisers et l'écho des serments
Décroîtront comme un pas la nuit dans une ruelle
ou le sifflet d'un train vers le noir firmament

quand sur les seins pendants le ventre qui se ride
Les mains aux doigts séchés durcies par les passions
Et lasses d'essuyer trop de larmes acides
Referont le bilan de leur dégradation

quand nul fard ne pourra mentir à ce visage
S'il se penche au miroir jadis trop complaisant
Pour se désaltérer comme au lac d'un mirage
Aux rêves du passé revécus au présent

La belle que voilà restera belle encore
Par la vertu d'un feu reflété constamment
aux vitres d'un château dont les salles sonores
seront hantées par ceux qui furent ses amants

La belle que voilà ainsi qu'une fontaine
Dont le flot toujours pur sur les marbres disjoints
S'écoule en entraînant d'ineffables sirènes
Pour perdre sa splendeur ne renoncera point

Rien ne disparaîtra des ciels qui se reflètent
Malgré la peau fripée et malgré les reins plats
Restera jalousée et présente à la fête
Jeune éternellement la belle que voilà

Tant de cœurs ont battu jadis à son attente
qu'une flamme est enclose en ce corps sans raison
qu'indigne de ces feux elle reste éclatante
Ainsi qu'à l'incendie survivent les tisons

Les nuits blanches

MA SIRÈNE

Ma sirène est bleue comme les veines où elle nage
Pour l'instant elle dort sur la nacre
Et sur l'océan que je crée pour elle
Elle peut visiter les grottes magiques des îles saugrenues
Là des oiseaux très bêtes
conversent avec des crocodiles qui n'en finissent plus
Et les oiseaux très bêtes volent au-dessus de la sirène bleue
Les crocodiles retournent à leur boire
Et l'île n'en revient pas
ne revient pas d'où elle se trouve
où ma sirène et moi nous l'avons oubliée
Ma sirène a des étoiles très belles dans son ciel
Des étoiles blondes aux yeux noirs
Des étoiles rousses aux dents étincelantes
et des étoiles brunes aux beaux seins
Chaque nuit trois par trois
alternant la couleur de leurs cheveux
Ces étoiles visitent ma sirène
Cela fait beaucoup d'allées et venues dans le ciel
Mais le ciel de ma sirène n'est pas un ciel ordinaire

Ma sirène a sept bateaux sur son océan
Lundi Mardi Mercredi Jeudi Vendredi
Samedi et Dimanche
Les uns à vapeur les autres à voiles
Les uns rapides les autres lents
Mais tous beaux mais tous charmants
avec des marins connaissant leur métier

Ma sirène a des savons de toutes formes et de toutes
couleurs
C'est pour laver sa jolie peau
Ma sirène a beaucoup de savons
L'un pour les mains
L'autre pour les pieds
Un pour hier
Un pour demain
Un pour chacun des yeux
Et celui-là pour sa queue d'écailles
Et cet autre pour les cheveux
Et encore un pour son ventre
Et encore un pour ses reins.

Ma sirène ne chante que pour moi
J'ai beau dire à mes amis de l'écouter
Personne ne l'entendit jamais
Excepté un, un seul
Mais bien qu'il ait l'air sincère
Je me méfie car il peut être menteur

LITTÉRATURE

Je voudrais aujourd'hui écrire de beaux vers
Ainsi que j'en lisais quand j'étais à l'école
Ça me mettait parfois les rêves à l'envers
Il est possible aussi que je sois un peu folle

Mais compter tous ces mots accoupler ces syllabes
Me paraît un travail fastidieux de fourmi
J'y perdrais mon latin mon chinois mon arabe
Et même le sommeil mon serviable ami

J'écrirai donc comme je parle et puis tant pis
Si quelque grammairien surgi de sa pénombre
Voulait me condamner avec hargne et dépit
Il est une autre science où je peux le confondre.

SECONDE CHANSON DE LA FLEUR DE SOUCI

Ayant dit ayant fait
Ce qui me plaît
Je vais à droite je vais à gauche
Et j'aime la fleur de souci

Je vais à droite je vais à gauche
Je bois du vin je bois de l'eau
Chantant faux mais chantant fort
Et j'aime la fleur de souci

Chantant faux mais chantant fort
Quand le diable y serait
Je l'inviterais
S'il aime la fleur de souci

Je l'inviterais
Comme j'invite tous les bons camarades
à partager mon verre et ma chanson
Et à vider nos verres sur la fleur de souci

CHANSON DU JOUR ET DE LA SUIVANTE NUIT

Ils se rencontrent à minuit
Ils s'embrassent en silence
Ils s'étreignent jusqu'au matin
Tout le jour passe et la suivante nuit
Et le jour suivant tout pareil
Le jour au jour et la nuit à la nuit

Ils échangent les fleurs d'amour
Ils échangent les herbes odorantes
L'estragon du rêve et le cerfeuil de la tendresse

Tout le jour passe et la suivante nuit
Et le jour suivant tout pareil
Le jour au jour et la nuit à la nuit

Et puis ils cassent leurs verres vides
Sur les bouteilles qu'ils vidèrent
Et vident encore d'autres bouteilles

Tout le jour passe et la suivante nuit
Et le jour suivant tout pareil
Le jour au jour et la nuit à la nuit

Et puis ils dorment avec fureur
Les lèvres ensanglantées lui du sang d'elle
Elle de son sang à lui

Tout le jour passe et la suivante nuit
Et le jour suivant tout pareil
Le jour au jour et la nuit à la nuit

Ils se rencontrent à minuit
Les lèvres ensanglantées lui du sang d'elle
Et vident encore d'autres bouteilles
Ils s'embrassent en silence
Ils échangent des herbes odorantes
Et puis ils cassent leurs verres vides

Tout le jour passe et la suivante nuit
Et le jour suivant tout pareil
Le jour au jour et la nuit à la nuit

Celle-là qui fit cette chanson
N'est pas prête à casser son verre
Son verre est toujours plein toujours pleine sa bouteille
Et qui donc qui lui remplit le verre et la bouteille?
Celui-là qui change chaque jour la forme des étoiles,
Un cœur battant solide sous un sein frémissant

Frémissant tout le jour et la suivante nuit
Et le jour suivant tout pareil
Le jour au jour et la nuit à la nuit

LA RIVIÈRE AUX NÉNUPHARS

La rivière aux nénuphars
Sous les ombres douces des grands peupliers
coule entre deux ponts
où les cris des canotiers retentissent plus sonores

La grenouille en robe à traîne
Dont le nom est Pulchérie
y retrouve Népomucène
L'amant goujon qu'elle a choisi

Son coassement d'amour s'épuise
devant l'éperdu silence du poisson
Et l'eau de la rivière les grise
Quand des buveurs versent leurs verres du haut du pont

Le pêcheur à la ligne près du coude
Depuis trente ans n'a pas bougé
On dit qu'il est mort à la tâche et d'oubli
Nul n'est allé le réveiller

Le flotteur rouge de sa ligne
Est un peu décoloré
C'est une vieille carotte que la lune
à minuit comme un veau semble brouter

Les étoiles sont gigantesques
La nuit dans le ciel de la ville
Et les chansons des buveurs
Semblent ne pouvoir franchir les remparts

Cette ville n'est pas rassurante du tout
on dit que de la source
une forme sort parfois au crépuscule
Comme une jeune fille nue d'un miroir

C'est peut-être bien Ophélie
C'est peut-être bien Pulchérie
C'est peut-être Népomucène
Goujon grenouille ou la jolie
Ophucène Népomélie
Pulcherouille ou grenoujon
au bord de la rivière aux nénuphars
qui coule coule entre deux ponts

SOYONS SÉRIEUSE

quand la mort sur mes seins posera ses balances
J'espère, jours d'amour que vous l'emporterez
Sur les jours où mon cœur battant dans le silence
n'éveille que l'écho pour me désespérer

J'espère que ma bouche à tels baisers soumise
En vain n'aura jamais affronté ces baisers
que les nuits où l'amour déchira ma chemise
se déchiraient aussi pour nous éterniser

Mais les jours de tristesse où le branle des cloches
Du donjon de mon cœur résonne à mon poignet
Comme une pièce fausse au fond de quelque poche
Se rouille et tinte encore un agaçant regret

Je débarque en un port sans phare et sans vigie
Où je découvre au fond d'un boulevard venteux
Mes éternels désirs brûlant en effigie
Sans étincelles sans chaleur presque sans feu

Et je pénètre alors dans les châteaux farouches
où des miroirs d'oubli semblent se refléter
de corridor en corridor et si ma bouche
veut boire c'est aux flots magiques du Léthé

Autour des hauts parloirs ainsi que des armures
Mes beaux jours alignés rêvent aux anciens temps
Et soudain surgissant des sombres encoignures
Des cloches par milliers agitent leurs battants

Et parallèlement le bronze heurtant le bronze
Entoure la rêveuse avec de durs barreaux
Tels que pour La Ballue en eût rêvé Louis onze
ou Bostock pour ses lions Lili pour ses oiseaux

Infranchissable cage aux murailles sonores
Je trouve en mon tourment son remède et l'éther
bourdonne moins que ce royaume sans aurore
Cette forêt de sons et ce bruyant désert

Et défiant la mort sa faux et ses balances
Bien sûre, jours d'amour, que vous emporterez
sur les jours où mon cœur vibre dans le silence
mon propre cœur est seul à me désespérer

BONJOUR BONSOIR

Il est nuit sois la flamme
Et la rougeur qui colore les nuages
Bonjour monsieur Bonsoir Madame
Vous ne paraissez pas votre âge

Qu'importe si vos étreintes
Font saigner les astres jumeaux
Qu'importe si ta face est peinte
si le givre brille aux rameaux

De granit ou de marbre
Votre âge paraîtra
Et l'ombre des grands arbres
sur vos tombeaux se promènera.

HISTOIRE DE FOLFANFIFRE

Folfanfifre à l'école ne savait rien
à l'école n'apprenait rien
Son maître étant un sot
Folfanfifre fut un sage
De ne rien apprendre de faux
Folfanfifre eut ce courage

Folfanfifre au bistro ne buvait rien
au bistro ne mangeait rien
Le patron étant un empoisonneur
Folfanfifre eut ainsi la chance
de ne pas mourir avant l'heure
Et de pouvoir encore danser une danse

Folfanfifre au bal dansa cette danse
se brisa un bras un pied une dent et la panse
Folfanfifre mourut à son heure
au même instant que ses compagnons
qui moururent empoisonnés par malheur
et par de mauvais champignons

Folfanfifre avait une maîtresse
Folfanfifre aimait ses caresses
Il avait beau n'être pas beau
Il était aimé mieux qu'un autre
Il s'en souvient en son tombeau
Ferez-vous de même en le vôtre?

Folfanfifre n'avait pas l'air heureux
Peut-être était-il heureux
Mais au point où il en est
Qu'est-ce que ça peut bien faire
Vous souvenez-vous qui il était
vous sa maîtresse et vous son frère?

Folfanfifre aimait l'arc-en-ciel
aimait aussi les hirondelles
Il aimait les feux d'artifice
Sans doute aussi le vieux bourgogne
l'argent l'or et le pain d'épices
Mais il n'aimait pas la besogne

Folfanfifre aurait voulu toujours dormir
Pour gagner son pain il se privait de dormir
Il est bien avancé à cette heure
Maintenant qu'il est au cercueil
Mais peut-être dort-il à cette heure
Peut-être même ne dort-il que d'un œil?

Folfanfifre qui n'apprit rien
Savait tout ne sachant rien
Nous non plus ne savons pas grand-chose
Si l'on nous aime et si nous aimons
Si c'est au rosier que fleurit la rose
Si plus que Folfanfifre nous existons

Folfanfifre ne se posait pas de questions
Et ne répondait jamais aux questions
Tout compte fait je puis le dire
Je crois bien qu'il avait raison
Moi j'ai raison de rire
Et vous de pleurer sans raison.

MON AMOUR PARLE-MOI

Quand tu m'aimes, qu'à tes étreintes
Je m'abandonne avec émoi
Pour calmer mes tourments mes craintes
Mon amour parle-moi

Il faut peupler les nuits hostiles
Avec les cris de nos émois
Il faut charmer les nuits tranquilles
Mon amour parle-moi

Dans la nuit vouée aux mauvais sorts
Des fantômes jettent l'effroi
Et toi si tu n'es un mort
    Mon amour parle-moi

Si tu m'aimes il faut le dire
Il faut me prouver tes émois
Il faut me prouver ton délire
    Mon amour parle-moi

Même si tu dis des mensonges
si tu simules ton émoi
Pour que le songe se prolonge
    Mon amour parle-moi

RÉVEILS

Il est étrange qu'on se réveille parfois en pleine nuit
En plein sommeil quelqu'un a frappé à une porte
Et dans la ville extraordinaire de minuit de mi-réveil et
  de mi-souvenir
des portes cochères retentissent lourdement de rue en rue

Qui est ce visiteur nocturne au visage inconnu
que vient-il chercher que vient-il espionner
Est-ce un pauvre demandant pain et gîte
Est-ce un voleur est-ce un oiseau
Est-ce un reflet de nous-mêmes dans la glace
Qui revient d'un abîme de transparence
Et tente de rentrer en nous

Il s'aperçoit alors que nous avons changé
que la clef ne fait plus manœuvrer la serrure
De la porte mystérieuse des corps
Même s'il n'y a que quelques secondes qu'il nous a
quitté
au moment troublant où l'on éteint la lumière

Que devient-il alors
Où erre-t-il ? souffre-t-il ?
Est-ce là l'origine des fantômes ?
l'origine des rêves ?
la naissance des regrets ?

Ne frappe jamais plus à ma porte visiteur
Il n'y pas place à mon foyer et dans mon cœur
Pour les anciennes images de moi-même
Peut-être me reconnais-tu
moi je ne saurai jamais te reconnais-tu

LOU LA REQUINE

I

Tu n'es ni beau ni riche,
Ton amour est un faix,
Par le mal qu'il me fait
Ton amour m'est fétiche.

Laisse se rassir la miche
Dans le fond du buffet
Trop sincère en effet
Tu perds tout quand tu triches

Tu souffres sans le dire
Tu pleures dans ton rire
Tu es bien mon amant

Je suis Lou la rouquine
Je suis Lou la requine
Je t'aime éperdument

II

Pour le mal qu'il me fait
Ton amour m'est fétiche
Laisse rassir la miche
Dans le fond du buffet

Dans la nuit du café
La nébuleuse biche
Fuit dans le ciel en friche
Aux lueurs d'autodafé

Quand tu viens nuitamment
Rôder tel un dément
Près de Lou la coquine

Si tu lis l'avenir
Dis-moi quand va mourir
L'amour plus hérissé qu'un buisson d'églantines

III

Si la mort me coiffait
avec son peigne d'ambre
Le ciel serait défait
Juillet serait Décembre

si la mort m'appelait
Elle deviendrait muette
Les murs de son palais
Tomberaient sur sa tête

Je ne veux pas mourir
De mon sang je suis ivre
aux autres de pourrir
à nous de leur survivre

Et nous pourrons chanter
Lou la douce requine
Son cœur et sa beauté
L'amour et l'églantine

La rose au bec de l'aigle
Exhalant ses parfums
et la saveur du seigle
et nos soifs et nos faims

Et que nos soifs ardentes
nos faims et nos désirs
bel amant chère amante
ne puissent s'assouvir

IV

après moi mon amour, avec tant d'insistance
Tu appelles en rêve et désires me voir
que ton rêve m'atteint à travers la distance
Et que tu m'apparais à la chute du soir

J'admire ton amour et chéris ta constance
Ce n'est pas pour sept ans, comme un bris de miroir
Mais pour l'éternité qu'un regard sans prudence
a marqué ton destin du sceau de mon pouvoir

Je sais ce que je puis ordonner à ton cœur
Que ce cœur m'appartient et que jamais ne meurt
Le feu qui m'illumine autant qu'il te consume

Mais je suis ta victime autant que ton vainqueur
Et notre amour gagna, comme un fer, sa vigueur
Des chocs d'un lourd marteau sur une dure enclume

STE ASSISE

Ste Assise es-tu si fatiguée
que tu ne puisses te lever?

Dix fois deux sous vingt sous
Tu t'ennuies sans rémission

Ste Assise es-tu empalée
que tu ne puisses te lever

Ste Assise lève-toi
va-t'en dans les bois

Ste Assise es-tu paralysée
que tu ne peux te lever

Mange la framboise
sur les bords de l'Oise

Mange des faines
sur les bords de l'Aisne

Mange des abricots
sur les bords de l'Escaut

Dix fois deux sous vingt sous
trois quatre cinq
Sainte assise s'y colle

CONTE DE FÉE

Il était un grand nombre de fois
Un homme qui aimait une femme
Il était un grand nombre de fois
Une femme qui aimait un homme
Il était un grand nombre de fois
Une femme et un homme
Qui n'aimaient pas celui et celle qui les aimaient

Il était une fois
Une seule fois peut-être
Une femme et un homme qui s'aimaient

CHANSON-CAILLOU

J'arrive en chantant
Visage de bois visage de bois
Je pars en rêvant
Ô mon amour ô mon roi

Viennent les Printemps
Odeurs des bois odeurs des bois
à nous deux tuons le temps
Pour qu'il renaisse avec la joie

Eh quoi je suis toute seule
Cercueil de bois cercueil de bois
Ô mon amour ma chère gueule
Te souviens-tu de moi parfois ?

Ô JEUNESSE

Ô jeunesse voici que les noces s'achèvent
Les convives s'en vont des tables du banquet
Les nappes sont tachées de vin et le parquet
Est blanchi par les pas des danseurs et des rêves

Une vague a roulé des roses sur la grève
quelque amant malheureux jeta du haut du quai
Dans la mer en pleurant reliques et bouquets
Et les rois ont mangé la galette et la fève

Midi flambant fait pressentir le crépuscule
Le cimetière est plein d'amis qui se bousculent
que leur sommeil soit calme et leur mort sans rigueur

Mais tant qu'il restera du vin dans les bouteilles
qu'on emplisse mon verre et bouchant mes oreilles
J'écouterai monter l'océan dans mon cœur

HISTOIRE DU PETIT BOSSU

Le petit bossu me disait ma chère
Viens au bal ou viens dans les bois
Ne crois pas qu'on t'aime ma chère
De moi seul tu as la foi

Viens je te donnerai moitié de ma bosse
Et quand nous serons en tout pareils
Nous célébrerons nos étranges noces
Loin de la lune et du soleil

Le petit bossu me croyait bien bête
Le petit bossu n'a rien gagné
d'aller ainsi en tête à tête
avec moi qui suis tant aimée

Le petit bossu n'a rien perdu
Car sa bosse est toujours aussi grosse
Mais il a gagné sur son front nu
Une paire de cornes en cadeau de noces

Moi seule ai gagné dans l'histoire
Car je doutais de mon amant
Mais il a tant souffert que je dois croire
Ô joie! qu'il m'aime éperdument

Il m'a retrouvée tout tremblant
M'a prise en ses bras osant à peine
Mettre sa bouche sur mon cou blanc
Et j'entendais son cœur crever de peine

Je crois que maintenant
Je vais l'aimer comme il m'aime en sa détresse
Et qu'étant toujours mon amant
Je serai enfin sa maîtresse

Amour toi qui conduis nos gestes
Je crois que tu m'inspiras bien
Puisque défiant guerre feu et pestes
Notre amour surgit hors de ses liens

Quant au bossu instrument de notre destin
Je lui pardonne et qu'il m'oublie et nous oublie
Je l'oublierai avant demain matin
Car jamais mon amant n'occupa mieux mes nuits

BAGATELLES

Vous reviendrez me voir, dit-elle
Quand vous serez riche à millions,
Quand les roses de Bagatelle,
Sous la neige s'épanouiront.

Lavant le sable des rivières,
Brisant le quartz, ouvrant le tronc
Des caoutchoucs à la lisière
D'un enfer d'arbres aux fûts ronds,

Libérant des nids de pétrole,
Ou labourant les Alaskas,
Quatre-vingts ans, la terre molle
Cacha le trésor des Incas.

Quand il revint, elle était morte,
Il était bête, il était vieux,
Mais les amants de cette sorte
Ne sont pas tellement nombreux.

Que fleurissent à Bagatelle
Les roses de poudre et frimas,
Mais que fleurissent surtout celles
Que l'on aime jusqu'au trépas.

LE NUAGE

Le nuage dit à l'indien :
« Tire sur moi tes flèches,
Je ne sentirai rien. »

« C'est vrai, rien ne t'ébrèche,
Répond le sauvage,
Mais vois mes tatouages !
Rien de pareil sur les nuages. »

CHANSONS BRÈVES

I

Depuis si longtemps que tu chantes
N'as-tu pas soif ? N'as-tu pas faim ?
J'ai soif ! mais la fontaine est lente
J'ai faim ! M'aimeras-tu demain ?

2

Vous n'aviez pas ces yeux ma chère
Tout cet avril qui fut le nôtre
J'y lis une phrase étrangère
J'y vois le souvenir des autres

3

Ma jalousie est semblable à la neige
Elle est monotone et pourtant
Elle recouvre, elle protège
Toute la gloire du printemps

LA PRAIRIE DU REVENEZ-Y

Revenez-y les vieilles
allez-y les jeunes
Les arbres grandissent jusqu'à la lune
Les arbres vieillissent comme les jeunes
Et meurent comme les vieilles

Ainsi va la vie les vieilles!
ainsi va la vie les jeunes
Les joues d'abricots se rideront
Les joues se rideront comme les joues des vieilles
Et les larmes sur elles couleront.

ainsi vont les baisers les vieilles
ainsi vont les baisers les jeunes
L'éclair des beaux yeux s'éteindra
Comme s'éteint la flamme des bougies vieilles
Et la cire comme les larmes coule.

Mais jamais ne mourra l'amour Ô! vieilles
Jamais l'amour ne mourra au cœur des jeunes
Toujours l'éclair rayera n'importe quel orage
La flamme de la vie et de l'amour
Toujours rayonnera dans les profondes ténèbres

Ce n'est pas vrai, ce n'est pas vrai
Jamais ne mourra la couleur de vos joues
Pousse le blé le bluet et l'ivraie
Et la rougeur des baisers à vos cous
Rien ne meurt la mort n'est pas vraie.

CHANSON

De bon cœur, la bonne aventure,
Chante colombe, au fond du bois;
L'étoile baigne aux sources pures,
Trois par trois sont partis les mois,
De bon cœur, la bonne aventure.

Qu'elle était douce à son amant.
De bon cœur, la bonne aventure,
Allons à son enterrement;
Et qu'elle avait belle figure,
Qu'elle était douce à son amant.

Il en aima bien mieux les autres,
Chante colombe au fond des bois;
Meurent prophète et ses apôtres,
On s'oubliera selon les lois.
On en aimera mieux les autres.

Vienne le jour des vieux bilans,
L'étoile baigne aux sources pures.
Qu'elle était douce à son amant,
De bon cœur, la bonne aventure.
Vienne le jour des vieux bilans.

Trois par trois sont partis les mois,
Qui se souvient encore d'elle?
Après trois fois trois ans, ma foi,
A la sienne reste fidèle,
Chante colombe, au fond des bois.

4 septembre 1932

✡

Si belles soyez-vous
Avec vos yeux de lacs et de lacs et de flammes
avec vos yeux de piège à loup
avec vos yeux couleur de nuit de jour d'aube et de marjolaine

Si belles soyez-vous
avec vos dents acérées et mordant ferme et jusqu'au sang
avec vos dents de mer profonde et étincelantes
avec vos dents avec vos dents blanches

Si belles soyez-vous
avec vos lèvres à baisers toujours prêts
avec vos lèvres de silence et de tumulte et douceur et cruauté
avec vos lèvres trop habiles et parfois trop pressées

Si belles soyez-vous
avec vos seins de blessures et d'éphémère perfection
avec vos seins de consolation
avec vos seins qu'on tient entre les mains comme un fruit

Si belles soyez-vous
avec vos cheveux et votre ventre
avec votre ventre élastique et rond
avec vos cheveux drus et sentant fort votre parfum naturel

Si belles soyez-vous
avec vos reins avec vos fesses froides
avec vos omoplates faciles à griffer
avec votre cou dont on ferait si bon marché

Si belles soyez-vous
avec votre sexe savoureux et autonome
avec votre sexe admirable
avec votre sexe fantasque comme vous et sanglant comme votre cœur

Si belles soyez-vous
Je ne vous aimerai pas
Si belles soyez-vous...

Je me révolte enfin contre tant de servitude
J'ai aimé la plus belle et quand elle fut morte
Une plus belle encore qui lui ressemblait comme une sœur
Je brise mes liens
Je tends mes regards vers la lumière de ce matin
à l'aube au moment de dormir
quand s'ouvrent de nouveau les anciennes blessures
quand ça gueule d'absence et de solitude

Et voilà que le matin me semble doux
matin familier matin calme malgré pluie et bourrasque
matin de bon bain et de cœur neuf

Mon nouveau cœur est plus dur que le fer
et moins cruel que votre cœur tendre
je n'aimerai je ne veux plus aimer

Claquez comme de grands drapeaux déchiquetés
vautours abrutis de blizzards et de simoun
éparpillez-vous dans les tempêtes
oiseaux de charogne oiseaux oiseaux d'amour

Et qu'importe quand bien même j'aimerais
il ne saurait être question que de la même
et quand bien même je l'aimerais encore
qu'il n'en soit plus question

Cuirassé par cet amour brûlant comme un appareil de torture
protégé par lui
plus question de vous les autres
les déserts nous sépareront

les étoiles aussi
je sais d'où viennent les unes
où s'enfoncent les autres

Je sais quelle réponse il faut faire
aux paroles admirables que vous prononcez
et qu'elle prononce
entre minuit et trois heures du matin

Son cœur était plus vierge que les forêts de loin d'ici
plus enchevêtré plus ténébreux plus terrible
qu'un univers de souterrains effondrés
d'abîmes nocturnes et de prisons sans issues
Si mystérieux que soit le vôtre
je m'y promènerai désormais
comme dans un parc bien ordonné

Je débarque dans une ville triste comme la vie
et monotone comme elle
on entend résonner le marteau sur les clous
les moteurs font un bruit régulier qui endort
les maisons que l'on construit ne s'effondreront que longtemps après ma mort
et l'art s'y manifeste jusque dans les caveaux funéraires.

Pour un baiser je rentrerai de nouveau en esclavage
mais consciemment
Vivre ainsi ou autrement
tout est pareillement monotone

La vie est belle cependant
les baisers les moins sincères
laissent encore entre les dents
la saveur délicieuse du délire et de l'amour

Nous mourrons octogénaires
si c'est notre destin
et le bruit des marteaux sur les clous de fer
sera le même le lendemain matin

Mais surtout je ne veux plus aimer
Mes souvenirs qui ne sont que présents et futurs
sont assez passionnés pour occuper toute ma vie.

J'échappe comme un animal au piège
Le fusil du braconnier et ses collets
n'auront pas ma peau
Si belle soyez-vous
et qu'elle était belle braconnière
passez au large de mon chemin

Je te salue tristement ô matin
tristement le cœur vide et plein
mais avec plénitude de santé et courage

Si belles soyez-vous
Éloignez-vous de moi.

LA CHAMBRE CLOSE

La chambre est fermée et vide, bien vide
Seul, le soleil, à certaines heures, déplace sa ligne sur les couvertures en désordre et sur l'oreiller froissé;
Une robe, sur une chaise, palpite par instants au souffle d'un mystérieux courant d'air

Un cheveu frémit aussi sur le drap replié,
Et l'horloge qui bat encore et ne tardera pas à s'arrêter, chante dans le désert.
Colibri du soir, colibri du matin,
Mon beau colibri entre dans la chambre,
Bat des ailes,
Éclate en couleurs vives sur l'oreiller.
L'arc-en-ciel pâlit dans le ciel autour des parterres d'étoiles.
Mon beau colibri, colibri du soir et du matin,
Vole.
Heurte ta tête fine à ton double dans la glace dont le tain s'écaille.
Saigne.
Meurs.
Mon beau colibri du soir et du matin.
Ventre gonflé,
Bec sanglant,
Ailes ouvertes,
Pattes raidies,
Meurs
Afin que dans la chambre vide le soleil déplace sa ligne autour de ton cadavre
Où la fenêtre se reflète dans le sang qui poisse ton duvet.
Pour un chant identique, pour un vol égal,
Paré des mêmes couleurs,
Colibri du soir, colibri du matin,
Tu renaîtras.
Et dans la chambre vide, l'horloge à nouveau chantera
Colibri, colibri,
Colibri du soir, colibri du matin.

✲

L'oiseau qui vole vers la côte
n'est pas près du bord où, tendant les lèvres,
Le ciel de terre, au ciel de mer
offre un baiser d'écume.

n'a pas tort de voler, l'oiseau perdu en mer,
n'a pas tort, le marin qui fixe à l'avant du navire,
figure de proue, figure de rêve,
'image même de celle qu'il aime.

Ceci se passe loin de tous les continents,
Loin des continents herbus où courent les taureaux sauvages,
Loin des continents mouillés où le lamantin et l'hippopotame
Barbotent grassement dans la boue qui luit et sèche et craque,

Loin des continents de ville et d'amour,
Loin des continents d'éternelle jalousie,
Loin des continents de steppe et de neige et de sable,
Loin des continents de soleil

Ceci se passe où je veux,
Au pays des sirènes et des typhons,
au pays des roulements de tonnerre
Près du continent du ciel aride,
Dans l'archipel éternel des nuages.

Roulez, roulez, nuages, tandis que l'oiseau vole.
Non loin de là,
Une fiancée reçoit pour sa fête
La carte postale d'éternel serment

La colombe, au bec, tient la lettre cachetée :
« Je vous jure un amour de toujours. »
Roulez, roulez, nuages, archipel de nuages,
Océan, aride océan.

Les fontaines se lamentent loin des oiseaux
Loin du murmure du vent dans les platanes.
A pleine gueule, le poisson que tient la sirène
Crache l'eau dans la lueur des réverbères et les reflets
du macadam

Et toute cette histoire s'achève,
Loin des yeux, loin du cœur,
Près de l'éternel serment.
A Paris, place de la Concorde
Une femme la plus belle et la plus touchante passe
Seule, à pied, triste.

Et, loin d'elle, au-dessus de la mer
vole un oiseau
Et jamais la femme ne verra le vol de cet oiseau jamais,
de son ombre, le vol de cet oiseau ne rayera
Le chemin suivi par cette femme.
Jamais? Est-ce bien sûr?
ô, rencontres —
ô, fontaines gémissantes au cœur des villes
ô, cœurs gémissants par le monde.

Vive la vie!

✲

L'oiseau terrible, menaçant,
Est sur une branche de l'arbre épouvantable
Et la mort est cachée dans un couteau.
Le rire des furieuses
T'ouvre la bouche en vain.
Je te sais condamnée,
Je refuse de te sauver.

L'arbre est en feu
Et la mort est inscrite en lettres majuscules,

Pendue à tes cheveux,
Reliée à ta nuque par des fleurs souterraines,
Mêlée à tes regards.

Ton front est une injure,
Une pierre dans un gouffre,
Ma langue dans ma bouche.

Je sais qu'il n'est jamais plus temps.

TOUR DE LA TOMBE

A force d'aimer, je me suis perdu dans l'océan. Et quel oçéan!

Une tempête de rires et de larmes.

Si vous montez sur un navire ayez soin de regarder la figure de proue qui vous fixera d'un œil rongé par la houle et l'eau salée.

Mais que dis-je? Les spectacles de l'amour ne m'intéressent guère. Je ne veux plus être qu'une voile emportée au gré des moussons vers des continents inconnus où je ne trouverai qu'une seule personne. Celle pour laquelle vous avez un nom tout trouvé.

Je me déshabille, ainsi qu'il sied à un explorateur perdu dans une île et je reste immobile ainsi qu'une figure de proue.

Salut à toi, vent du large et à toi, désert, et à toi, oubli.

On m'oubliera. Quelque jour, on ne saura plus mon nom, mais je saurai son nom. Un soir, couvert de gloire et riche, je reviendrai, je frapperai à sa porte, tout nu, mais on ne me répondra pas, même, ayant ouvert la porte, quand j'apparaîtrai à ses yeux.

J'ai gagné, du moins, le sens de la perpétuité. Non pas celle, ridicule, des concessions de cimetière.

Je souhaite en vain l'apparition des guillotines, mais je ne puis offrir aux foules sanguinaires que mon désir de suicide.

Révolution! Tu ne brilleras qu'après ma mort, sur la place immense de marbre blanc qui recouvrira mon immense cadavre.

La France est un nid de guêpes, l'Europe un champ pourri et le monde une presqu'île de ma conscience.

Mais heureusement il me reste les étoiles, et la conscience de ma grandeur morale opposée aux mille obstacles que le monde apporte à mon amour.

COUCHÉE

A droite, le ciel, à gauche, la mer.
Et devant les yeux, l'herbe et ses fleurs.
Un nuage, c'est la route, suit son chemin vertical
Parallèlement à l'horizon de fil à plomb,
Parallèlement au cavalier.
Le cheval court vers sa chute imminente
Et cet autre monte interminablement.
Comme tout est simple et étrange.
Couchée sur le côté gauche,
Je me désintéresse du paysage
Et je ne pense qu'à des choses très vagues,
Très vagues et très heureuses,
Comme le regard las que l'on promène
Par ce bel après-midi d'été
A droite, à gauche,
De-ci, de-là,
Dans le délire de l'inutile.

MINOTAURE

A manger son propre sang
En tartine sur du pain

A boire l'eau de l'étang
Où les morts prennent leur bain

A prononcer des paroles
Nées de cœurs empoisonnés

A fréquenter les écoles
Des esprits emprisonnés

A marcher sur le chemin
Où l'on marche avec les mains

Le Minotaure a vieilli
Loin des siens et du pays

Il va retrouver les sphinx
Les licornes et les lynx

Qui lui disent il est tard
Déjà l'on ferme l'enceinte

L'homme salera ton lard
Dans un coin du labyrinthe

Mugis encore si tu peux
Minotaure de rien, Minotaure de peu

✲

La Reine couchée dans son lit
Écoute un rossignol chanter
Écoute aussi la sentinelle
Qui fait les cent pas dans la cour

Cent pas par-ci, cent pas par-là
Une reine et un rossignol
Et le soldat qui sent le rhum
Dans la cour du royal palais

Le soldat couché dans son lit
N'écoute pas chanter la Reine
N'écoute pas le rossignol
Qui fait les cent pas dans la cour

Et le rossignol dans son nid
N'écoute pas la sentinelle
N'écoute pas même la Reine
Qui fait les cent pas dans la cour

Cent pas par-ci, cent pas par-là
Voilà bientôt quatre cents pas
Avec les cent pas du passant
Dans ce palais extravagant

La ménagerie de Tristan

LA GRENOUILLE AUX SOULIERS PERCÉS

La grenouille aux souliers percés
A demandé la charité.
Les arbres lui ont donné
Des feuilles mortes et tombées.

Les champignons lui ont donné
Le duvet de leur grand chapeau.

L'écureuil lui a donné
Quatre poils de son manteau

L'herbe lui a donné
Trois petites graines.

Le ciel lui a donné
Sa plus douce haleine.

Mais la grenouille demande toujours, demande encore
la charité
Car ses souliers sont toujours, sont encore percés.

LE POISSON SANS-SOUCI

Le poisson sans-souci
Vous dit bonjour vous dit bonsoir
Ah! qu'il est doux qu'il est poli
Le poisson sans-souci.

Il ne craint pas le mois d'avril
Et c'est tant pis pour le pêcheur
Adieu l'appât adieu le fil
Et le poisson cuit dans le beurre.

Quand il prend son apéritif
à Conflans Suresnes ou Charenton
Les remorqueurs brûlant le charbon de Cardiff
Ne dérangeraient pas ce buveur de bon ton.

Car il a voyagé dans des tuyaux de plomb
Avant de s'endormir sur des pierres d'évier
Où l'eau des robinets chante pour le bercer
Car il a voyagé aussi dans des flacons
Que les courants portaient vers des rives désertes
Avec l'adieu d'un naufragé à ses amis.

Le poisson sans-souci
Qui dit bonjour qui dit bonsoir
Ah! qu'il est doux et poli
Le poisson sans-souci
Le souci sans souci
Le Poissy sans Soissons
Le saucisson sans poids
Le poisson sans-souci.

L'OISEAU DU COLORADO

L'oiseau du Colorado
Mange du miel et des gâteaux
Du chocolat des mandarines
Des dragées des nougatines
Des framboises des roudoudous
De la glace et du caramel mou.

L'oiseau du Colorado
Boit du champagne et du sirop
Suc de fraise et lait d'autruche
Jus d'ananas glacé en cruche
Sang de pêche et navet
Whisky menthe et café.

L'oiseau du Colorado
Dans un grand lit fait un petit dodo
Puis il s'envole dans les nuages
Pour regarder les images
Et jouer un bon moment
Avec la pluie et le beau temps.

L'ARAIGNÉE A MOUSTACHES

L'araignée à moustaches
n'est pas Napoléon III
qui s'ennuie quand il a froid.

L'araignée à moustaches
n'a pas de robe en satin
pour trottiner le matin.

L'araignée à moustaches
Ne se rasera jamais
Elle règne au mois de Mai

Mais
ah mais
mais oui
mais

L'araignée à moustaches
habite dans un château
son ami est un corbeau

Mais

L'araignée à moustaches
S'éclaire avec une étoile
Le soleil lui sert de poêle

Mais

L'araignée à moustaches
Porte de belles lunettes
Et joue de la clarinette
Du tambour de la trompette
Et chante d'une voix nette
Fait le jour maintes pirouettes
Toute la nuit fait la fête
Et charme les grosses bêtes

Ah mais!

LE CHAT QUI NE RESSEMBLE A RIEN

Le chat qui ne ressemble à rien
Aujourd'hui ne va pas très bien.

Il va visiter le Docteur
qui lui ausculte le cœur.

Votre cœur ne va pas bien
Il ne ressemble à rien,

Il n'a pas son pareil
De Paris à Créteil.

Il va visiter sa demoiselle
Qui lui regarde la cervelle.

Votre cervelle ne va pas bien
Elle ne ressemble à rien,

Elle n'a pas son contraire
A la surface de la terre.

Voilà pourquoi le chat qui ne ressemble à rien
Est triste aujourd'hui et ne va pas bien.

L'ÉLÉPHANT QUI N'A QU'UNE PATTE

L'éléphant qui n'a qu'une patte
A dit à Ponce Pilate
Vous êtes bien heureux d'avoir deux mains,
Ça doit vous consoler d'être Consul romain.

Tandis que moi sans canne et sans jambe en bois
Je suis comme un héron et jamais je ne cours et jamais
je ne bois
Et je ne parle pas des soins qu'il me faut prendre
Pour monter l'escalier qui conduit à ma chambre.

J'aimerais tant laver mes mains avec un savon rose
Avec du Palmolive avec du Cadum
Car il faut être propre et ne puis me laver
Et j'ai l'air ridicule debout sur le pavé.

Je n'ai pour consoler cette tristesse affreuse
Que ma trompe pareille aux tuyaux d'incendie
Et si je mets le pied dans le plat
Il y reste et l'on ne peut le manger à la sauce poulette.

Plaignez, Ponce Pilate, plaignez cette misère
Il n'y a en a pas de plus grande sur terre
Vous êtes bien heureux de laver vos deux mains
Ça doit vous consoler d'être Consul romain.

Le parterre d'Hyacinthe

LA DAME PAVOT NOUVELLE ÉPOUSÉE

La dame pavot nouvelle épousée
a demandé à son mari
Quelle est l'année ?
Quel est le mois ?
Quelle est la semaine?
Quel est le jour ?
Quelle est l'heure ?
Et son mari a répondu
— Nous sommes en l'an 40
nous sommes au mois de Juillobre
semaine des quatre jeudis
jour de gloire
midi sonné
Belle année, agréable mois,
charmante semaine, jour merveilleux
Heure délicieuse

L'ANÉMONE QUI RÉGNAIT SUR LA MER

L'anémone qui régnait sur la mer
règne encore c'est entendu
Mais si peu elle est perdue
Elle est perdue au fond des mers
Elle se souvient de ses diamants
suspendus à l'arc-en-ciel
suspendus dans la rosée
et les huîtres bâillent alentour
pour lui offrir des perles
Mais l'anémone qui régnait sur la mer
ne règne presque plus et l'ancre de fer
l'a mordue cruellement et elle mourra tantôt.

LA ROSE A VOIX DE SOPRANO

La rose à voix de soprano
joue la nuit du piano
Cela charme les monts et la plaine
le Rhin, la Loire et la Seine
et les fées et les sirènes
dans leurs palais de roseaux

La rose à voix de soprano
est connue même à Concarno
à Fosse-Repose et à Locarno
Et dans les faubourgs de Kovno
Et sur les plages de Bornéo
Et dans tous les châteaux à créneaux.

LE CACTUS DÉLICAT

Le cactus délicat
est un sacré gaillard
est un fameux dépendeur d'andouilles
est un grand flandrin
est un va-nu-pied
est un pistolet
est un drôle de lascar
est un drôle
est un rigolo
comme de juste puisque c'est un pistolet
est un drôle de corps
un coquin
un amiral des forêts
un général de peau de porc
La terreur des sables fins
Le ténor pour sourd et muet
mais ça n'arrange pas ses petites affaires
ni sa santé.

L'ARBRE QUI BOIT DU VIN

L'arbre qui boit du vin
aime qu'on dorme dans son ombre
comme les cerfs et les lapins
nourris de thym et de concombres

L'arbre qui boit du vin
est un fameux camarade
bon pour le soir et le matin
et tous les jours en cavalcade

L'arbre qui boit du vin
ce matin nous a dit
Pas besoin d'être devin
ce n'est pas tous les jours mardi

L'arbre qui boit du vin
Le verse à la terre entière
Il n'est pas bête il est malin
et son ombre sera la dernière

Et son ombre sera la dernière
sur la terre s'il en est encore
et sur la mer et sur la terre
à l'instant de la dernière aurore.

LE SALSIFIS DU BENGALE

Salsifis du Bengale
Cultive son jardin
Méchant comme une gale
Bête comme un serin.

Salsifis du Bengale
met son habit de feu
et met sur ses mains sales
ses gants, 1 + 1, 2

Salsifis du Bengale
monte sur un bateau
conduit par des cigales
sous un ciel de gâteau

Salsifis du Bengale
lorsqu'il a mal aux reins
se nourrit de pétales
des roses de Pékin

Salsifis du Bengale
est un fameux gaillard
c'est un vilain brutal
c'est un méchant braillard

Salsifis du Bengale
chantait une chanson
devant un hôpital
c'est pas là des façons

Salsifis du Bengale
ne se prive de rien
souffrant d'une fringale
il a mangé son chien

Salsifis du Bengale
ne dure qu'un matin
mangé par un crotale
Il est mort quel destin

Salsifis du Bengale
en jouant dans la prairie
avala sec sa balle
et resta ahuri

Salsifis du Bengale
vivra comme la terre
renaissant de son mal
mourant de son mystère

Salsifis du Bengale
est pourtant votre ami
à la belle il s'installe
et mange un canari

Salsifis du Bengale
n'est pourtant pas heureux
s'il s'endort il dort mal
s'il s'éveille il vit peu.

La géométrie de Daniel

LE CARRÉ POINTU

Le carré a quatre côtés
Mais il est quatre fois pointu
Comme le Monde.
On dit pourtant que la terre est ronde
Comme ma tête
Ronde et monde et mappemonde :
Un anticyclone se dirigeant vers le nord-ouest...
Le monde est rond, la terre est ronde
Mais elle est, mais il est
Quatre fois pointu
Est Nord Sud Ouest
Le monde est pointu
La terre est pointue
L'espace est carré.

LE ROND ET L'ÉTOILE

Pour faire une étoile à cinq branches
Ou à six ou davantage
Il faut d'abord faire un rond

Pour faire une étoile à cinq branches...
Un rond!
On n'a pas pris tant de précaution
Pour faire un arbre à beaucoup de branches
Arbres qui cachez les étoiles!
Arbres!
Vous êtes pleins de nids et d'oiseaux chanteurs
Couverts de branches et de feuilles
Et vous montez jusqu'aux étoiles!

PAR UN POINT SITUÉ SUR UN PLAN...

Par un point situé sur un plan
On ne peut faire passer qu'une perpendiculaire
à ce plan.
On dit ça...
Mais par tous les points de mon plan à moi
On peut faire passer tous les hommes, tous les animaux
de la terre

Alors votre perpendiculaire me fait rire.
Et pas seulement les hommes et les bêtes
Mais encore beaucoup de choses
Des cailloux
Des fleurs
Des nuages
Mon père et ma mère
Un bateau à voiles
Un tuyau de poêle
Et si cela me plaît
Quatre cents millions de perpendiculaires.

L'ANNEAU DE MŒBIUS

Le chemin sur lequel je cours
Ne sera pas le même quand je ferai demi-tour
J'ai beau le suivre tout droit
Il me ramène à un autre endroit
Je tourne en rond mais le ciel change
Hier j'étais un enfant
Je suis un homme maintenant
Le monde est une drôle de chose
Et la rose parmi les roses
Ne ressemble pas à une autre rose.

L'ANGLE SOUS LEQUEL...

L'angle sous lequel...
Et d'abord quel angle ?
Je n'en veux pas connaître d'autre
Que celui où j'appuie ma tête
Quand je m'y colle à cache-cache.

Angle tu m'étrangles
Belle Angleterre de légendes
Tu m'englobes, tu m'engloutis

Mes yeux fermés
Ma nuit à moi
L'angle sous lequel...

PARABOLE (I)

Parabole ma nourrice...
Une parabole mourait d'ennui dans sa cage
Une parabole aurait voulu se poser sur la branche
La branche est trop basse
Le soleil trop haut
Je regarde le vol des oiseaux

Ils tombent puis remontent
La branche est trop basse
Le soleil trop haut
Ce sont des oiseaux étranges
Leur nid est quelque part
Bien loin de la terre
La branche est trop basse
le soleil trop haut

PARABOLE (2)

Parabole ma nourrice...
Une parabole s'ennuyait dans sa cage
Une parabole voulait se poser sur la branche
La branche est trop basse
Le soleil trop haut
Je regarde le vol des oiseaux
Ils tombent puis remontent
La branche est trop basse
Le soleil trop haut
Ce sont des oiseaux étranges
Leur nid est quelque part
Bien loin de la terre
La branche est trop basse
Le soleil trop haut

Mines de rien

A L'AUBE

Le matin s'écroule comme une pile d'assiettes
En milliers de tessons de porcelaine et d'heures
Et de cailloux
Et de cascades
Jusque sur le zinc de ce bistrot très pauvre
Où les étoiles persistent dans la nuit du café.

Elle n'est pas pauvre
Celle-là, dans sa robe de soirée souillée de boue,
Mais riche des réalités du matin,
De l'ivresse de son sang
Et du parfum de son haleine que nulle insomnie ne peut
altérer.

Riche d'elle-même et de tous les matins
Passés, présents et futurs,
Riche d'elle-même et du sommeil qui la gagne
Du sommeil rigide comme un acajou
Du sommeil et du matin et d'elle-même

Et de toute sa vie qui ne se compte
Que par matinées, aubes éclatantes,
Cascades, sommeils,
Nuits vivantes.

Elle est riche,
Même si elle tend la main
Et doit dormir au frais matin
Dans sa robe crottée
Sur un lit de désert.

PROCÈS-VERBAL

La marquise de Saperlipopette
Aime la plume et le crépuscule
Et les larmes qu'on imite si bien avec de la glycérine.
Aime le mou, le flou, le doux, le bon goût
Chère marquise de Saperlipopette.
La marquise de Saperlipopette chante à ravir
Et roucoule que je ne vous dis que ça.
Le chant du cygne.
Mes sels, des roses, des glaïeuls
Etc. etc. etc.
Chère marquise de Saperlipopette
Si vous saviez comme je vous em...

DANS MON VERRE

Dans mon verre que fais-tu petite girafe?
Girafe à vin
Girafe à brise
Girafe à saveur de lait et de feuilles vertes
Dans quel désert es-tu perdue?
Oui, c'est le désert que je bois dans mon verre
un désert aride et plus mort que des ossements
un désert sans vie, sans air, sans astres
Un vrai désert de fin du monde
Comment as-tu pu te perdre dans ce lieu loin de tout abîme et de toutes frontières
Girafe girafe petite girafe à vin
Mais quelle fortune t'a conduite sous ma plume?
Car je ferai de ce désert
de ce désert bu dans mon verre
une ardente oasis
une campagne pleine du murmure des sources et de celui des arbres
un lieu de gazon et de fleurs
De fruits juteux écartelés et saignant un sang parfumé
Je le fertiliserai ce désert
De toutes les fleurs de mon immense amour pour la vie.

CARREFOUR

Il y a dans ce carrefour une atmosphère de souvenirs, de rencontres, de faits étranges absurdes et très importants
L'orange et le vert fleurissent les vitrines du pharmacien
Les inscriptions d'émail se lisent sur les vitres du café
La chanson du passant est la même qu'ailleurs
Le réverbère le même
Les maisons pareilles à tant d'autres
Mêmes pavés
Mêmes trottoirs
Même ciel
Et pourtant beaucoup s'arrêtent en cet endroit
Beaucoup semblent y trouver l'odeur de leur propre corps
Et le parfum d'amours révolues
Irrémédiablement enfouis dans un oubli tortueux.

NOUS EN RIRONS...

Nous en rirons plus tard
Mais pour l'instant nous n'en pleurons pas
Cascades de fleurs et de liqueurs
Énormes abcès de parfums
Geyser de sève et d'eau
Tout sous nos yeux dans la terre surgit comme le lait du pis sous les doigts de la fermière

Le raisin mûrit et du raisin jaillira le geyser-du-vin
Le gland germe et du gland jaillira le chêne geyser de feuilles et de chants
La mer monte et descend et de son écume jaillit l'épave et le continent inconnu, geyser de bois, de terre et de vieilles algues
Et quoi?
Nous ne rêverions qu'un trou dans cette terre généreuse
Nous ne rêverions que mort dans ce monde où la vie nous est offerte
Nous ne rêverions que mort qui n'existe pas dans ce monde où tant de choses sont belles
Où tout pourrait être beau
Où il fait bon vivre et vivre pour toujours.

FEU

Et des bords de l'océan à ceux de la Méditerranée déferla une marée d'incendies, de fumées et de sang
Feu et sang
Ils se levèrent tous dans les villes et dans les hameaux au flanc rocailleux des montagnes décharnées tels des morts
Feu et sang et mort
Ils se battirent et ce nom seul Liberté
Surnageait dans le bruit des batailles poussé par l'élite et la fleur de la jeunesse du monde, de la libre jeunesse du monde
ami du Mexique, Tata Nacho n'est-ce pas que nous sommes coude à coude avec l'Espagne
ami de Russie, Eisenstein
Tous cœur à cœur avec l'Espagne

amis des États-Unis Hemingway, Dos Passos
et toi Shipman plus ardent que nul autre
ami du Chili Cotapos toi le plus joyeux de tous
ami du Guatemala, Asturias tout ironie et sentiment
ami de Cuba Felix de Castro la flamme et sa chaleur
amis, amis de tous pays
Tous cœur à cœur avec l'Espagne
ami de Norvège, Per Krohg la loyauté, la droiture et le courage
œil à œil, cœur à cœur avec l'Espagne
qui triomphe à l'heure où j'écris ces lignes
ami des Indes, Charles Baron, trop tendre trop amical ami par le foie rougi d'alcool et la foi rougie de doute, mais dans la main de nos frères espagnols
ami du Japon, le seul peut-être Takasaki, grands yeux ouverts, bouche maladroite yeux désormais fermés, bouche close, Takasaki, mort depuis des années tu serais avec nous pour l'Espagne Pour l'Espagne Républicaine.

VENDANGES PROCHAINES

Je vous salue, vendanges prochaines, odorantes, sanglantes, enivrantes vendanges de l'automne prochain
Je vous salue, pressoirs gémissants, tonneaux sonores, bondes, caves, je vous salue
Je vous salue bouteilles, bouchons et verres
Je vous salue buveurs des années futures
Buveurs qui boirez goulûment
Buveurs qui boirez savamment

Le vin qui s'élabore dans les raisins verts de ce merveilleux printemps 1938
Je le boirai ce vin avec de gais compagnons
Avec toi Jean-Louis Barrault pour qui nul vin n'existe hormis le bourgogne
Avec toi vieux Carp, aisément séduit par les crus d'Algérie
Avec vous Fraenkel qui ne détestez pas le bordeaux
Avec toi Youki, qui apprécies le champagne
Je boirai ce vin de la Vendange prochaine
Jusqu'à ce que, dans aucune cave, il n'en reste une goutte, même oubliée au fond d'un flacon
J'en boirai confiant en la vie aimant la vie de tout mon cœur
Incapable de cesser de l'aimer
Même si comme une femme
Elle me trompe ou m'abandonne.

1937-1938

CHANT POUR LA BELLE SAISON

Rien ne ressemble plus à l'inspiration
Que l'ivresse d'une matinée de printemps,
Que le désir d'une femme.
Ne plus être soi, être chacun.
Poser ses pieds sur terre avec agilité.
Savourer l'air qu'on respire.

Je chante ce soir non ce que nous devons combattre
Mais ce que nous devons défendre.

Les plaisirs de la vie.
Le vin qu'on boit avec des camarades.
L'amour.
Le feu en hiver.
La rivière fraîche en été.
La viande et le pain de chaque repas.
Le refrain que l'on chante en marchant sur la route.
Le lit où l'on dort.
Le sommeil, sans réveils en sursaut, sans angoisse du lendemain.

Le loisir.
La liberté de changer de ciel.
Le sentiment de la dignité et beaucoup d'autres choses
Dont on ose refuser la possession aux hommes.

J'aime et je chante le printemps fleuri.
J'aime et je chante l'été avec ses fruits.
J'aime et je chante la joie de vivre.
J'aime et je chante le printemps.
J'aime et je chante l'été, saison dans laquelle je suis né.

IL A SU TOUCHER MON CŒUR

L'autre soir j'ai rencontré
Un séduisant jeune homme
Et nous avons folâtré
Et dégusté la pomme
Dans le lit que j'étais bien!
Car le lit c'était le sien.

Il avait su toucher mon cœur
Tout en fièvre
Et j'aimais déjà la saveur
De ses lèvres
Au bout d'un petit instant
Un instant
Qui dura longtemps
Mais qui me parut trop rapide
Il me quitta d'un air languide
Pour aller se laver les mains
Tout près dans la sall' de bains.

Peu après il est rentré
Tout rempli de courage
Et il a recommencé
Plein de cœur à l'ouvrage
Car douze fois dans la nuit
La même chose il refit.

Il avait su toucher mon cœur
Tout en fièvre
Et je garde encor la saveur
De ses lèvres
Mais le lendemain matin
Du festin
Sur le traversin
Je vis qu'il y avait trois têtes
Et je compris toute la fête
C'était tour à tour deux jumeaux
Qui s'étaient donné le mot.

J'ai gardé ces deux chameaux
Ne sachant lequel prendre

Maint'nant j'aim' les deux jumeaux
Qui sav'nt bien me le rendre
Et je cherche chaque nuit
Si c'est l'autre ou si c'est lui.

Car ils ont su toucher mon cœur
Tout en fièvre
Il me faut toujours la saveur
De leurs lèvres
L'un à l'autre fait pendant
C'est charmant
Mais c'est fatigant
Je me demande très anxieuse
Quel serait mon sort d'amoureuse
Si leur mère mieux stimulée
Avait fait des quintuplés.

COMPLAINTE DES CALEÇONS

Depuis que j'suis dans la marine
A bord du paqu'bot Pompadour
J'en ai marre de la marine
Je marronne et pleur' tous les jours.
Moi qui ne rêvais qu'abordage
Ciel nouveau, cyclone et orage,
Je suis à bord valet de chambre.
Alors, de janvier à décembre...

Cal'çons, chaussett's, souliers, gilets, chemises...
Je bross', je r'pass', j'nettoie, j'recouds, j'reprise

Ça me neurasthénise.
J'avais rêvé la vie des marins.
Du tropique aux banquises
D'Amérique et d'Asie au sable africain
Bordeaux, Tokyo, Valparaiso, Venise
Congo, Porto, Noix-de-Coco, Rio
Qu'la mer soit bleue ou grise
A fond de cale je répar' les trousseaux :
Cal'çons, chaussett's, souliers, gilets, chemises...

Aussi un jour à Buenos Aires
J'abandonnai la cargaison
Pour une fille de Madère
Que je suivis dans sa maison.
Mais moi qui rêvais aventures
Don José, Carmen et luxure
Je suis encor valet de chambre,
Alors, de janvier à décembre...

Cal'çons, chaussett's, souliers, gilets, chemises...
Je bross', je r'pass', j'nettoie, j'recouds, j'reprise
Ça me neurasthénise.
J'avais rêvé la vie des chât'lains.
Hélas quelle méprise!
Pas d'amour, pas d'ami, partout le dédain,
Gaby, Dolly, Suzy, me martyrisent
Daisy, Marie, Nini m'font fair' leur lit
L'patron me terrorise
Et j'm'occup' du ling' des affranchis :
Cal'çons, chaussett's, souliers, gilets, chemises...

Fatigué, revenu en France,
C'est à Paris rue Montpensier
Que j'ai comblé mes espérances.

Avec Adèl' je m'suis marié.
Moi je l'ador', elle est fidèle
C'est un bijou, c'est un modèle
Je lui sers de valet de chambre.
Alors de janvier à décembre...

Jupons, bas d'soie, souliers, chapeaux, chemises..
J'achèt', j'essaie, je paie, je fais des r'prises.
Elle aime la toilette
Elle a tout le bon goût féminin
Je suis couvert de dettes
Car je cours chaque jour les grands magasins
Finis bateaux, finis châteaux, bêtises,
Adieu marins, gauchos, adieu pampas,
Ainsi pas à pas je brise
Avec ce passé qui me dupa :
Jupons, bas d'soie, souliers, c'est ma devise!

LA FAMILLE DUPANARD DE VITRY-SUR-SEINE

La tribu Dupanard
Les parents les moutards
Habit' dans un gourbi
A Vitry
A Vitry-sur-Seine
Ah! quelle veine!

Le papa Dupanard
A jadis fait son lard

Au retour d' Biribi
A Vitry
A Vitry-sur-Seine
Ah! quelle aubaine!

La maman Dupanard
S'est rangé' sur le tard
Ell' buvait des anis
A Vitry
A Vitry-sur-Seine
Ah! quelle haleine!

Le p'tit Louis Dupanard
D'habitude couche au quart
Puis il fait son fourbi
A Vitry
A Vitry-sur-Seine
Ah! quell' vilaine!

La Louison Dupanard
A des patt' de canard
Des poils de ouistiti
A Vitry
A Vitry-sur-Seine
Ah! quell' Sirène!

Au musé' Dupuytren
Il y en a encor un
Il n'a pas fait son lit
A Vitry
A Vitry-sur-Seine
Ah! quelle peine!

Dans l'caveau familial
Ils iront c'est fatal
C'est la mort c'est la vi'
A Vitry
A Vitry-sur-Seine
Ah! quel domaine!

Puis on les oubliera
Tôt ou tard c'est comm' ça!
A Pékin à Paris
A Vitry
A Vitry-sur-Seine
Faridondaine!

III

1943-1944

État de veille

HISTOIRE D'UN CHAMEAU

Le chameau qui n'a plus de dents,
Ce soir, n'est pas content.
Il est allé chez le dentiste,
Un homme noir et triste,
Et le dentiste lui a dit
Que ses soins n'étaient pas pour lui.
Tas de salauds, qu'il dit le chameau,
Vous êtes venus parmi mes sables
Avec des airs peu aimables,
Des airs de désert, bien sûr,
Aussi sûrs que les pommes sures.
Vous m'avez mis une selle,
Vous m'avez chevauché surmontés d'une ombrelle,
Et va te faire foutre,
Si j'ai mal aux dents...
Mais puisque tu n'as plus de dents!
Précisément, j'ai mal aux dents de n'en plus avoir.
Alors tu désires un râtelier?
Je voudrais bien voir un chameau porter râtelier!

Un râtelier manger au râtelier!
Le chameau qui n'a plus de dents,
On l'abandonne dans le désert.
Alors il pisse lentement dans le sable qui se creuse en entonnoir
Tandis que la caravane s'éloigne, à travers les dunes creusées en entonnoirs,
A travers les dunes,
Elles-mêmes creusées en entonnoirs.

HISTOIRE D'UNE OURSE

Une ourse fit son entrée dans la ville.
Elle marchait pesamment
Et des gouttes d'eau brillaient dans son pelage
Comme des diamants.

Elle marcha méconnue,
Elle marcha par les rues
Dans son manteau poilu.

La foule passait,
Nul ne la regardait
Et même on la bousculait.

Enfin la nuit tomba à genoux
Laissant ruisseler ses cheveux roux
Dans les ruisseaux pleins de boue,

Dans la mer en mal de marée,
Sur les prairies, sur les forêts
Et sur les villes illuminées.

L'ourse disparut aspirée par les nombres
Avec la foule, avec les ombres
Confondues dans les décombres.

Seuls quelques astronomes,
Embusqués sous des dômes,
Virent passer son fantôme.

Qu'on te nomme Grande Ourse
Tandis que tu poursuis ta course
Vers la lumière et vers ses sources,

Que l'on te pare d'étoiles
Et que du fond de leur geôle
Les prisonniers te voient passer devant le soupirail,

Ourse qu'importe, ourse de plume,
Ourse rugissante et bavant l'écume,
Plus étincelante qu'un marteau frappant l'enclume,

Ourse qu'importe la fable
Et ta piste sur le sable
S'effilochant comme un vieux câble.

J'entends des pas lourds dans la nuit,
J'entends des chants, j'entends des cris,
Les cris, les chants de mes amis.

Leurs pas sont lourds
Mais quand naîtra le jour
Naîtra la liberté et l'amour.

Qu'il naisse demain ou dans cent ans
Il sera fait de lumière et de sang
Et renouvellera les quatre éléments.

Plus lourdes que l'ourse dans la cité
Par le monde je sens monter
La grande invasion, la grande marée.

Grande Ourse au ciel tu resplendis
Tandis que j'écoute dans la nuit
Les cris, les chants de mes amis.

HISTOIRE D'UN TAUREAU

Taureau cornu, arqué, braqué sur la surface ensoleillée de l'arène où la lumière est si éblouissante que l'on distingue à peine de leurs ombres le torero, le picador et les banderilleros,
Taureau on n'attend plus que ton bon plaisir pour animer ce désert,
Et, ce désert animé, que ton animation pour manifester l'homme.
Mais il existe des taureaux de nuit,
Avec la lune sur leur front,
Des taureaux noirs, des taureaux blancs
Qui galopent à fond de train dans le sommeil des enfants,
Et dont les mugissements ébranlent les villes,
Et qui meurent dans les étoiles, lentement,
En répandant leur sang dans l'immensité du temps.

1936

HISTOIRE D'UNE ABEILLE

Abeille bruissante des matins d'été,
Abeille qui bourdonnes dans la tasse,
Abeille où es-tu allée ?
Abeille bruissante et jamais lasse.

J'ai construit ma ruche
Dans la cervelle d'un enfant
Mais tant va l'abeille à la cruche
Que la fleur fleurit dedans.

Ce furent d'abord les yeux étonnés
Et le miel, et la cire bien construite,
Le sourire et le rire et le mot chantonné
Et la question jamais détruite.

Tant qu'à force de bourdonner
Dans la cervelle de l'enfant
Il finit par s'en étonner
Et par inquiéter ses parents.

Quand il fut approvisionné
De miel et de cire bien mûrs
Alors je l'ai abandonné
Dans le baiser d'une piqûre.

Mais nul jamais ne fera sortir de sa mémoire
Mon bourdonnement à moi, l'abeille,
Et jamais il ne voudra croire
Aux mots pourris qu'on glisse dans l'oreille,

Qu'on glisse sournoisement
Dans l'oreille des enfants,
Avec la complicité des parents.

1936

TERRE

Un jour après un jour,
Une vague après une vague.
Où vas-tu ? Où allez-vous ?
Terre meurtrie par tant d'hommes errants !
Terre enrichie par les cadavres de tant d'hommes.
Mais la terre c'est nous,
Nous ne sommes pas sur elle
Mais en elle depuis toujours.

SUICIDÉS

Pendus, égorgés, empoisonnés,
Voici la foule des suicidés :
Le chemin se hérisse, il a la chair de poule.

Poignardés, noyés, précipités,
Brisés par les roues du train,
Suicidés vous n'avez pas gagné.

Vous avez perdu
Frères! Frères perdus
Qui donnez le mauvais exemple.

1936

RÊVES

Poser sa tête sur un oreiller
Et sur cet oreiller dormir
Et dormant rêver
A des choses curieuses ou d'avenir,

Rêvant croire à ce qu'on rêve
Et rêvant garder la notion
De la vie qui passe sans trêve
Du soir à l'aube sans rémission.

Ceci est presque normal,
Ceci est presque délicieux
Mais je plains ceux
Qui dorment vite et mal,

Et, mal éveillés, rêvent en marchant.

Ainsi j'ai marché autrefois,
J'ai marché, agi en rêvant,
Prenant les rues pour les allées d'un bois.

Une place pour les rêves
Mais les rêves à leur place.

1936

ALORS LA TROMPETTE

Alors la trompette retentira à toutes les portes de la ville
Et des oiseaux s'envoleront au bruit des fanfares.
Ils voleront longtemps au-dessus de la ville
Et, quand ils se poseront,
Déjà nous reposerons

Heureux, joyeux, le cœur contenté,
Dormant dans la nuit qui précédera le premier lever de soleil du bonheur retrouvé.

1936

A CINQ HEURES

A cinq heures du matin dans une rue neuve et vide j'entends le bruit d'une voiture qui s'éloigne.
Un avertisseur d'incendie a sa glace brisée et les débris de verre resplendissent dans le ruisseau.

Sur le pavé il y a une flaque de sang et un peu de fumée
se dissout dans l'air.
Ohé! Ohé! racontez-moi ce qui s'est passé.
Éveillez-vous! Je veux savoir ce qui s'est passé.
Racontez-moi les aventures des hommes.

1936

AUJOURD'HUI JE ME SUIS PROMENÉ...

Aujourd'hui je me suis promené avec mon camarade,
Même s'il est mort,
Je me suis promené avec mon camarade.

Qu'ils étaient beaux les arbres en fleurs,
Les marronniers qui neigeaient le jour de sa mort.
Avec mon camarade je me suis promené.

Jadis mes parents
Allaient seuls aux enterrements
Et je me sentais petit enfant.

Maintenant je connais pas mal de morts,
J'ai vu beaucoup de croque-morts
Mais je n'approche pas de leur bord.

C'est pourquoi tout aujourd'hui
Je me suis promené avec mon ami.
Il m'a trouvé un peu vieilli,

Un peu vieilli, mais il m'a dit :
Toi aussi tu viendras où je suis,
Un Dimanche ou un Samedi,

Moi, je regardais les arbres en fleurs,
La rivière passer sous le pont
Et soudain j'ai vu que j'étais seul.

Alors je suis rentré parmi les hommes.

1936

COUPLET DES PORTES SAINT-MARTIN ET SAINT-DENIS

Porte Saint-Martin, Porte Saint-Denis,
Voir briller la lune à travers la voûte,
Porte Saint-Martin, Porte Saint-Denis,
Du nord vers le sud s'allonge la route,
Porte Saint-Denis, Porte Saint-Martin,
Au nord ou au sud suivre son chemin,
Porte Saint-Denis, Porte Saint-Martin,
Passer sous la voûte au petit matin,
Porte Saint-Martin, Porte Saint-Denis,
Boire un café noir avec des amis,
Porte Saint-Martin, Porte Saint-Denis,
Quand le ciel blanchit au petit matin,
Porte Saint-Denis, Porte Saint-Martin,
Dans l'aube noyer les anciens chagrins,
Partir en chantant vers un but lointain,

Avec nos copains, avec nos amis,
Porte Saint-Denis, Porte Saint-Martin
Par un beau soleil, par un beau matin.

1942

COUPLETS DE LA RUE SAINT-MARTIN

Je n'aime plus la rue Saint-Martin
Depuis qu'André Platard l'a quittée.
Je n'aime plus la rue Saint-Martin,
Je n'aime rien, pas même le vin.

Je n'aime plus la rue Saint-Martin
Depuis qu'André Platard l'a quittée.
C'est mon ami, c'est mon copain.
Nous partagions la chambre et le pain.
Je n'aime plus la rue Saint-Martin.

C'est mon ami, c'est mon copain.
Il a disparu un matin,
Ils l'ont emmené, on ne sait plus rien.
On ne l'a plus revu dans la rue Saint-Martin.

Pas la peine d'implorer les saints,
Saints Merri, Jacques, Gervais et Martin,
Pas même Valérien qui se cache sur la colline.
Le temps passe, on ne sait rien.
André Platard a quitté la rue Saint-Martin.

1942

COUPLET DE LA RUE DE BAGNOLET

Le Soleil de la rue de Bagnolet
N'est pas un soleil comme les autres.
Il se baigne dans le ruisseau,
Il se coiffe avec un seau,
Tout comme les autres,
Mais, quand il caresse mes épaules,
C'est bien lui et pas un autre,
Le soleil de la rue de Bagnolet
Qui conduit son cabriolet
Ailleurs qu'aux portes des palais,
Soleil, soleil ni beau ni laid,
Soleil tout drôle et tout content,
Soleil de la rue de Bagnolet,
Soleil d'hiver et de printemps,
Soleil de la rue de Bagnolet,
Pas comme les autres.

1942

COUPLET DU TROTTOIR D'ÉTÉ

Couchons-nous sur le pavé,
Par le soleil chauffé, par le soleil lavé,
Dans la bonne odeur de poussière
De la journée achevée,
Avant la nuit levée,
Avant la première lumière

Et nous guetterons dans le ruisseau
Les reflets des nuages en assaut,
Le coup de sang de l'horizon
Et la première étoile au-dessus des maisons.

1942

COUPLET DU VERRE DE VIN

Quand le train partira n'agite pas la main,
Ni ton mouchoir, ni ton ombrelle,
Mais emplis un verre de vin
Et lance vers le train dont chantent les ridelles
La longue flamme du vin,
La sanglante flamme du vin pareille à ta langue
Et partageant avec elle
Le palais et la couche
De tes lèvres et de ta bouche.

1942

COUPLET DU BOUCHER

La belle, si tu veux, je ferai ton lit
Dans le décor sanglant de ma boutique.
Mes couteaux seront les miroirs magiques
Où le jour se lève, éclate et pâlit.

Je ferai ton lit creux et chaud
Dans le ventre ouvert d'une génisse
Et, quand tu dormiras, pour qu'il te rajeunisse
Je veillerai sur lui comme un bourreau sur l'échafaud.

1942

FANTÔME

Arrête-toi! Je suis ici, mais tant de nuit
Nous sépare qu'en vain tu fatigues ta vue :
Tu te tais car l'espace, où se dissout la rue,
Nous-même nous dissout et nous saoule de bruit.

C'est l'heure où, panaché de fumée et de suie,
Le toit comme une plage offre au fantôme nu
Son ardoise où mirer le visage inconnu
De son double vivant dans un miroir de pluie.

Fantôme, laisse-nous rire de ta sottise.
Tu habites les bois, les châteaux, les églises
Mais tu es le valet de tout homme vivant.

Aussi n'as-tu jamais fait de mal à ces êtres
Tant, s'ils ouvraient un soir la porte et les fenêtres,
Te dissoudrait la nuit dans le bruit et le vent.

1942

AU TEMPS DES DONJONS

As-tu déjà perdu le mot de passe ?

Le château se ferme et devient prison,
La belle aux créneaux chante sa chanson
Et le prisonnier gémit dans l'in pace.
Retrouveras-tu le chemin, la plaine,
La source et l'asile au cœur des forêts,
Le détour du fleuve où l'aube apparaît,
L'étoile du soir et la lune pleine ?
Un serpent dardé vers l'homme s'élance,
L'enlace, l'étreint entre ses anneaux,
La belle soupire au bord des créneaux,
Le soleil couchant brille sur les lances,
L'âge sans retour vers l'homme jaillit,
L'enlace, l'étreint entre ses années.
Amours ! Ô saisons ! Ô belles fanées !
Serpents lovés à l'ombre des taillis.

1942

SAISONS

Le jour est à sa place et coule à fond de temps,
A moins que l'être monte à travers des espaces
Superposés dans la mémoire et délestant
La cervelle et le cœur de souvenirs tenaces.

Étés, puissants étés, votre nom même passe,
Être et avoir été, passe-temps et printemps,
Il passe, il est passé comme une eau jamais lasse,
Sans cicatrices, sans témoins et sans étangs.

Saisons, vous chérissez du moins le grain de blé
Qui doit germer aux jours de dégel et la clé
Pour ouvrir aux départs les portes charretières.

Les astres dans le ciel par vous sont rassemblés,
L'an va bientôt finir et des pas accablés
Traînent sur les chemins ramenant aux frontières.

1942

DEMAIN

Agé de cent mille ans, j'aurais encor la force
De t'attendre, ô demain pressenti par l'espoir.
Le temps, vieillard souffrant de multiples entorses,
Peut gémir : Le matin est neuf, neuf est le soir.

Mais depuis trop de mois nous vivons à la veille,
Nous veillons, nous gardons la lumière et le feu,
Nous parlons à voix basse et nous tendons l'oreille
A maint bruit vite éteint et perdu comme au jeu.

Or, du fond de la nuit, nous témoignons encore
De la splendeur du jour et de tous ses présents.
Si nous ne dormons pas c'est pour guetter l'aurore
Qui prouvera qu'enfin nous vivons au présent.

1942

*

Les premiers poèmes de ce recueil datent de 1936. Durant toute cette année et jusqu'au printemps 1937, je m'étais contraint à écrire un poème chaque soir, avant de m'endormir. Avec ou sans sujet, fatigué ou non, j'observai fidèlement cette discipline. J'emplis ainsi une série de cahiers où, on l'imagine, le déchet fut grand quand, en 1940, j'entrepris de les relire. Certains, cependant, figurent dans Fortunes *sous le titre général de « Les Portes Battantes ». Les présents poèmes ne sont pas ici publiés dans leur texte original. Ils ont parfois été refaits complètement. Mais l'expérience valait d'être tentée. Certains soirs le poème s'imposait, il s'était construit de lui-même au cours de la journée. D'autres fois, le cerveau vide, c'était un thème inattendu qui guidait la main plutôt que la pensée. Mais il ne s'agissait pas d'écriture automatique. Chaque mot, chaque vers était contrôlé et l'exigence mécanique se manifestait plutôt dans le rythme, dans une nécessité d'assonance et de formes primitives telle que celle des tercets à rime ou assonance unique.*

Le résultat d'une telle entreprise fut une « purge » intellectuelle complète qui m'aurait fait sans doute renoncer définitivement à la poésie si je n'avais eu à l'époque la chance d'être un des plus féconds rédacteurs de slogans et indicatifs publicitaires radiophoniques.

Toute substance poétique gratuite, toute inspiration étant pour longtemps consommées, je me livrai avec passion au travail quasi mathématique mais cependant intuitif de l'adaptation des paroles à la musique, de la fabrication des sentences, proverbes et devises publicitaires, travail dont la première exigence était un retour aux règles proprement populaires en matière de rythme. Je ne doute pas qu'un jour les folkloristes ne se penchent sur l'énorme production commerciale des différents postes français de radio pendant ladite période et n'y trouvent prétexte à enseignements sur le mode de vie et la sensibilité française.

J'ai ajouté à ces « poèmes forcés » des « couplets » composés avec l'ambition de proposer aux musiciens des textes du genre des « coplas » espagnoles, des « sons » cubains ou des « blues » américains. C'est-à-dire des textes dont ils puissent user avec la plus grande liberté, en coupant, en répétant des phrases, en ajoutant même ce qu'ils voudront y ajouter, ceci en souhaitant qu'ils laissent aux orchestres une liberté identique pour l'exécution de leur musique.

Quelques poèmes, en apparence plus classiques, terminent ce recueil. Ils font partie d'une expérience en cours dont il m'est impossible de prévoir l'évolution et dont je ne saurais parler clairement.

Il suffit de dire que je tente de revenir à Nerval, peut-être aussi à Gongora, ou plutôt de repartir de leurs œuvres par des chemins différents de ceux qui ont conduit la poésie à travers des paysages si émouvants jusqu'au domaine contemporain trop cultivé peut-être.

En définitive ce n'est pas la poésie qui doit être libre, c'est le poète.

Le bain avec Andromède

BAIGNADE

Andromède, au matin, sur la plage, a donné
Rendez-vous à tous ceux qui veulent se baigner
Dans la mer fraîche éclose, enceinte de lumière.
L'étoile brille encor, qu'arrive, la première,
Rosemonde aux beaux seins qui, seule, se dévêt
Et livre son corps nu, que roussit le duvet,
Aux dernières lueurs de la nuit, aux prémices
De l'aube qui se dresse au fond des précipices.
Sabine la rejoint, tige en fleur qui jaillit
D'un flot de linge, par le vent frais assailli.
Une neige d'écume éclabousse leurs cuisses
Et la première vague attache, par malice,
Une ceinture d'algue à ces corps qu'embellit
Le reflet d'une étoile et la langueur du lit.
Les astres dans le ciel grandissent et déclinent,
La neige sur les monts, à la fois, s'illumine
Des feux, naissants, du jour et, mourants, de la nuit
Dans le sentier, bordé de genêt et de buis,
Hyppolite paraît qui, tandis qu'elle avance,
Se déshabille et jette, en figures de danse,

La robe et la chemise et le court pantalon.
Ils flottent, un instant, au-dessus des buissons,
Dans le vent, puis, soudain, s'accrochent et fleurissent,
Fleurs d'étoffe, bouquets qui, vers la donatrice,
Exhalent des parfums de chair dans ceux du sol.
Ainsi, durant le jour, tourne le tournesol
Vers l'astre dont il est le sujet et l'image.
Hyppolite, à son tour, dans la mer plonge et nage
Et l'on connaît, enfin, la présence du jour
A la blancheur du linge, aux chants des basses-cours,
A l'envol des oiseaux, à l'éclat des nuages,
Au divorce de l'eau, du ciel et du rivage.

Par quel chemin vint-elle ? Andromède, soudain,
Est présente et se livre à la douceur du bain.
Elle nage. On peut suivre, encore, son sillage
Entre son corps doré et le bord de la plage.
Et ce sont des envols de bras, par-dessus l'eau,
Des battements de pieds et des éclairs de peau,
Des rires, des appels dans les éclaboussures,
Des cuisses se fermant et s'ouvrant, en mesure,
Ou, parfois, la baigneuse étendue, sur le dos,
Et se cambrant, plus souple et plus léger fardeau,
Un triangle mouillé, brillant et symétrique
A celui d'un oiseau qui vole sur la crique.
Une croupe à méplats s'illumine et surgit
Quand la baigneuse plonge et cherche, en leur logis,
L'étoile ou le galet, l'algue ou le coquillage.
L'étoile ? Mais le ciel est clair ! Quelque mirage
Métamorphose en flamme un vol de goélands,
En saveur de baisers l'air et ses parfums lents.

Qu'un pied se marque, ici dans l'épaisseur du sable,
Le soleil séchera cette empreinte et sa fable.

DÉCOUVERTE DU TRÉSOR

Est-il poitrine, où batte un cœur de chair et flamme,
Qu'une lame, ou la griffe, aille ouvrir et piller,
Est-il océan, lac ou fleuve que la rame,
Ou l'hélice, aille en flots, sans trace, éparpiller,

Est-il poitrine ou fleuve ou lac ou océan
Ou terre, aussi fendue à renfort de charrues,
Qui ne puissent livrer des moissons et, béants,
Le noyé, le poisson, l'épave disparue?

Mieux, le trésor caché, le bijou, l'or, la gemme,
Plutôt que le cadavre et le vide tombeau
Et, plutôt que l'épi, né du grain que l'on sème,
Le métal par la rouille échappant au corbeau.

Quel poignard fouillera votre ventre et vos seins,
Rosemonde Sabine, Hyppolite, Andromède?
Quel chercheur d'or, quel outlaw, quel assassin
En vous dépossédant dira qui vous possède?

Qu'il illumine les ténèbres des cavernes,
Qu'il jaillisse du flanc d'une épave, à vau-l'eau,
Ou qu'une source apporte, aux lumières modernes,
L'éclat des vieux soleils serti dans un joyau,

Que le profil d'un roi, sans regard, sans odeur
S'y multiplie en vain contre la pourriture,
Ou que l'heure s'y lise, à des cadrans à fleurs,
Mais arrêtée au seuil d'une longue aventure,

Qu'importe, jaillissant des conques et des cornes,
Il recèlera plus de chair que de métaux,
Une chair odorante, aux corridors sans bornes
Vers une aube brillant comme un fil de couteau.

L'homme, au moment qu'il sent la saveur des cailloux
Dans sa bouche, habituée à la saveur des lèvres,
Arrête le voyage, au rythme de son pouls
Commencé dès les jours de jeunesse et de fièvres.

Il se sent désormais soudé à sa monture,
Centaure poursuivant un gibier reconnu
Insaisissable. Il le poursuit, dans ses pâtures,
Non plus par besoin, mais par désir, d'inconnu.

Ivresse! Le courant, le cortège, les jours
Le font participer au mouvement du monde.
Au-delà de la joie, au-delà du retour
La vie et le destin le portent sur leurs ondes.

Mais vous, où courez-vous, femmes en proie à l'âge,
Quelle image de vous guettez-vous aux miroirs
Chaque jour plus profonds, encombrés de naufrages,
Quel trésor cherchez-vous pour payer votre espoir?

Le carnaval s'approche avec ses cheveux blancs
Et le trésor, cherché à travers les années,
Ce sont des grelots creux et des masques branlants
Qui vous cachent le sol sur quoi vous êtes nées.

NAISSANCE DU MONSTRE

Le paysage était fourrure,
Pelage de fleurs et moissons,
Brume vibrante, échos, frissons :
Le voici prêt à la morsure,
Il s'incarne et devient ce fauve
Qui, tour à tour, séduit, repousse
Et fait surgir, à la rescousse,
Un rêve de viols et d'alcôves.

Sabine, Hyppolite, Andromède
Et Rosemonde et leurs compagnes,
Un tel délire les possède,
Dansent de fureur et s'enfuient,
Aux quatre coins d'une campagne,
Vers des forêts, sans lacs ni puits,
Dont l'ombre, masquant les figures,
Adoptera leur chevelure.

Ronronnant, au creux du fauteuil,
Le monstre surveille la proie
Qui s'agite au fond de son œil.
Il bâille de faim et de joie,
Révélant la langue gourmande,
Le palais rose et les crocs blancs
Et l'haleine, à odeur de viande,
Qui d'abord soulève son flanc.

Enfant de quel tragique amour,
Hors de quel ventre ténébreux,
Vagissant, jaillit-il au jour?
Du haut des montagnes? Du creux
Où, bue, aux cris des tragédies,
Par un roi de flamme et de vent,
La lave craque et incendie,
Au soir, d'insolites levants.

Ventre palpitant de désirs,
A tous baisers la gorge offerte,
Prêt à pâmer, prêt à gésir,
Le monstre excite et déconcerte
Un appétit d'ombre et de sang,
De chair ouverte sous les griffes
Et, sous les poils qui s'ébouriffent,
D'un souffle bientôt rugissant.

Velours, satins, sang et baisers,
Tout est luxe, tout est horreur
Dans les corps, d'amour embrasés,
Dans les cœurs, sujets à l'erreur,
Et quelque terrible mystère
De la matière même, ô terre,
Réunira, dans une étreinte,
Les chairs aspirant à la plainte.

Oui, bien sûr, la nuit est propice
Aux plongeons dans les précipices.
Quant au soleil, qu'il s'abolisse
A l'instant de ces exercices.

BANQUET

La côte se découpe en golfes où l'écho
Sonne, comme une trompe, aux murs de Jéricho,
Un Jéricho de brume et flexible comme elle,
La mer y gonfle en vain ses chants et ses querelles.
Dans un de ces abris est servi le banquet
Pour douze garçons nus qui n'ont d'autre projet
Que de boire les vins au goulot des bouteilles,
Mordre aux quartiers de viande et vider les corbeilles,
Faire sécher leur corps au soleil de midi,
Chanter et puis dormir sur le sable tiédi.
Le sable, que le vent soulève et qu'il égraine,
Fait murmurer parfois les plats de porcelaine
Et le cristal où tremble une goutte de vin
Qui reflète le ciel et les doigts de la main.
Mais le sang apparaît aux bords d'une blessure
Lorsque le maladroit, d'une lame peu sûre,
Se coupe en entamant le jambon. Un rideau
Rouge flotte soudain, claquant comme un drapeau.
Il vacille et ses plis balaient le paysage.
La mer, qui le répète agite son image
Et celle d'un bateau, toutes voiles dehors,
Qui figure une rose en un coin du décor.
Il aimerait, dit-il, que des lèvres plus tendres
Cicatrisent la plaie et, quitte pour répandre
Plus longuement son sang, à rendre ce baiser
Au monstre imaginaire en son cœur précisé.
N'entend-il pas des cris du haut de la falaise?
Son sang n'explique pas l'insolite malaise

Qui transforme la terre et lui fait souhaiter
Le silence et la nuit et la mort de l'été.
Il se lève et, fuyant ses onze camarades,
Disparaît au tournant des rochers de la rade.
Onze verres, levés au ciel par onze mains,
D'une courbe identique ont renversé le vin
Dans des gorges, au chant prêtes, mais, vers la route
Indiquée, un regard s'alanguit et, sans doute,
Un convive bientôt quittera le banquet.
Il est une prairie où cueillir des bouquets,
Il est une forêt, derrière le rivage,
Et des sources d'eau fraîche où baigner les visages
Et le monde habité, ses villes, ses appels.
Qu'ils boivent! Le temps passe et dépose son sel
Sur les jours, sur les cœurs, les lèvres et les rêves.
Pourtant la vie est là, pourtant la vie est brève,
Qu'ils boivent! L'horizon se dénoue à l'entour,
L'heure vient, pour chacun, de partir à son tour.
C'est midi, tout sanglant, gisant dans sa tunique,
Sur le bûcher qu'il alluma. Heure panique,
Il faut choisir, il faut, vers le soir progresser
Ou vieillir en tentant d'évoquer le passé.
C'est midi. Dans le ciel claque une draperie
Rouge et le monde est plein d'amour et de féerie.

ANDROMÈDE
EN PROIE AU MONSTRE

Quel sera, monstre, mon supplice?
Déjà, dérisoire, ton nom
Devient mot d'amour et complice
De ma honte et de notre union.
J'adopterai, d'abord, la pose
Propice à ma métamorphose.
En t'épousant, que je m'endorme,
Par volupté, je prends ta forme.

Car, au-delà de la nausée,
Je découvre, en moi, des domaines
Qui sont la dot à l'épousée :
J'y trouverai la clef des chaînes
Et l'endroit de ta sépulture
Quand, monstre, il te faudra mourir
A la fin de notre luxure,
De la mort de notre désir.

Car tout est nôtre, désormais,
Je suis ton monstre et ta réplique,
Je suis la porte du palais,
Je suis l'image symétrique
Qui surgit, lorsque tu parais,
Je suis ta rivale lubrique
Et mon désir se faisait fuite
Pour sentir ton souffle à ma suite.

Le monstre dit : « Pas tant d'histoires,
Pas tant de cris et de paroles.
Je suis le maître et mon vouloir
Ne s'embarrasse ni d'un viol,
Ni d'accordailles, ni de noces.
Ta voix me brise le tympan.
Je vais mon train, selon l'élan
Qui m'entraîne et me rend féroce. »

Andromède, étant tout enfant,
Chérissait un parc solitaire
Où, chaque soir, un éléphant
Se promenait en grand mystère.
Un éléphant ? Est-ce bien vrai ?
Ce n'est, peut-être, qu'un vieux rêve,
Mais elle y pense et jurerait
Qu'il la piétine et la soulève.

Andromède étant tout enfant...
Andromède que fait la bête ?
Andromède qui te défend ?
Quelle tempête, dans ta tête,
Au réel mélange un vieux rêve ?
Mais la chanson que tu répètes
Nul ne sait comme elle s'achève.
Andromède étant tout enfant...

Le monstre dit « Je suis la bête
Mais, dans le ciel, tout comme toi,
Enrichi d'étoiles en fête,
J'aurai ma place et mon emploi. »

MEURTRE

Andromède se tait au fond des bois,
Les guêpes, les abeilles et les mouches,
En culbutant, dans l'air, font des tournois
Et le ciel est ouvert comme une bouche.

Mais du ciel béant ne sort aucun cri,
L'heure est stupide, immense et solennelle,
La lumière est un fleuve tari
Surveillé par d'inertes sentinelles.

Pour animer ce pays suspendu,
Il faudrait l'appel d'un nageur qui coule
Ou, faisant danser le corps d'un pendu,
L'ouragan frémissant comme une foule.

Pourtant le meurtre, attendu par la terre
Pour s'imbiber de salive et de sang,
A lieu, sans qu'aucun geste altère
L'immobilité de l'instant présent.

Trésor sans gardien, banquet sans convives,
Femmes trépignant au seuil des saisons,
Cadavre étendu auprès de la rive
D'où la piste part jusqu'à l'horizon...

Retrouverez-vous, joyeux compagnons,
Les chants que l'on chante aux instants d'ivresse ?
Retrouverez-vous au vin des flacons
La même saveur, la même sagesse ?

N'est-ce pas pour vous, qu'au bois, Andromède
Charme un monstre né de ses cauchemars?
N'est-ce pas pour vous qu'elle appelle à l'aide
En feignant la peur jusqu'en son regard?

N'êtes-vous pas victime et meurtrier,
Abandonnant votre propre dépouille
Et le couteau que masquera de rouille
Le proche hiver à l'ombre du laurier?

Un passant, plus tard, passera sans doute
Et dira qu'un autre a tracé sa route,
Qu'ils ont accompli le rite tous deux
A la même époque et au même lieu,
Le parfum qui flotte est toujours le même,
L'homme a d'autres noms et d'autres grimaces,
Mais tout est semblable et le grain qu'on sème
Brisera toujours la même surface.

Un cadavre gît pourtant en ce lieu,
Il gît, il pourrit, il se désagrège,
Il est invisible et crève les yeux,
Il est invisible et pris à son piège.
Un arbre au cœur a planté ses racines.
Qu'il fructifie et qu'il porte ses fleurs,
Baisers perdus, aveux sous les glycines,
Chansons d'amour et chansons de haleurs.

Son double est mort, il poursuit son chemin
A travers les forêts, les cimetières,
Sous des nuages pareils à des mains
Montrant, au flanc des monts, une carrière.

DANSES

Vous avez faim, vous avez soif,
Rosemonde, c'est le vent d'est
Qui vous décoiffe.
Que ce vent emporte la peste
Au fond du ciel et qu'elle y reste.

Hyppolite, l'oiseau du nord
Qui passa sur la plaine
L'oiseau qui chante, rêve et mord,
L'avez-vous vu à la fontaine?
Il chante, il rêve, il mord,
Il dort.

Andromède, face à l'ouest,
Figure de proue,
Pas un sourire, pas un geste,
L'écume jaillit sur vos joues
Et rouille le fer qui vous cloue.

Un géant viendra du sud —
Sabine as-tu donné ton cœur —
Porteur de fruits et de liqueurs,
Sonneur de la solitude.

Rosemonde, aimez-vous l'été?
Bagatelle, bagatelle,
J'aime mieux l'hiver, dit-elle,
Et les rosiers désenchantés.

Andromède, aimez-vous l'automne?
Il vente, il pleut, il tonne,
J'aime l'automne et le printemps
Et la fleur de mes jeunes ans.

Hyppolite, aimez-vous l'hiver?
Je ne sais pas, dit-elle,
Le seul été, j'ai découvert,
Mon esprit suit les hirondelles.

Sabine, aimez-vous le printemps?
J'aimais le printemps, je le pleure,
J'aime, je pleure avec le temps
Je ris avec les heures.

Je danse, je ris dans le feu,
Je flambe, je suis Andromède,
Je me consume et c'est un jeu
Qui me délivre et qui m'obsède.

Rosemonde, écoutez la terre
Qui peine sur son chemin.
Je l'entends, mais il faut se taire,
Nous chanterons demain.

Hyppolite, fille de l'air
Parcourt à cheval le désert,
Cheval de nuage et de vent,
Air de jadis et d'à présent.

Au point du jour et au point d'eau,
Sabine se désaltère
Avec les lions et les panthères.
La nuit dépose son fardeau.

DÉLIVRANCE D'ANDROMÈDE

L'eau ne vêtirait plus ce corps à sa mesure.
La clairière l'absorbe autant que le miroir
Mais des griffes ont fait, au ventre, une blessure
Qui tache de son sang le tissu d'un mouchoir.

De la main relevant, sur son front, une mèche,
Andromède s'éloigne et franchit les taillis
Comme un fauve portant, dans sa chair, une flèche
Qui lui dicte sa route à travers les pays.

La sueur et la salive ont souillé son visage
Mais la joie envahit ses sens et son esprit.
Jamais plus, de la nuit descendant les étages,
Des spectres ne viendront l'épouser dans son lit.

Adieu Sabine, adieu Rosemonde, Hyppolite,
Vers des lieux différents le soir vous précipite.

Andromède, livrée à sa propre fureur,
En elle apaise enfin sa soif et sa fatigue.
L'espace grand ouvert accueille, sans erreur
Et sans retour, pour cette fois, l'enfant prodigue.

Andromède s'en va et joint au crépuscule
Qui soulève, dans l'ouest, un funèbre océan,
Le sang de sa blessure où son ombre bascule,
Proie offerte aux baisers des nains et des géants.

Andromède s'en va. L'endroit qu'elle abandonne,
Endroit où son destin s'efface et fut tracé,
Est marqué par le jet d'une blanche colonne.

Plus loin le monstre fuit.
Le ciel est dépassé.

AUBE

La nuit grasse, penchée au bord de ses abîmes,
Contemple les jardins du jour qui disparaît.
Moins longtemps que l'éclair, sur le couteau du crime,
Ils ont fleuri. Déjà s'efface le portrait
D'un monde que la mort harcèle et précipite.
Que jaillissent les feux des phares, des bûchers,
Que les soleils lointains, les comètes prescrites
S'allument! Ce ne sont, près du mourant couché,
Que veilleuses, tremblant au courant d'air des portes
Ouvertes sur la terre et sur l'immensité.
Tout est nuit, tout est mort, tout est seul, mais qu'importe
Si l'on eut un instant, sous le soleil d'été,
L'illusion de l'amour et de la plénitude.
Viens donc, nuit incomprise et trompeuse et dis-nous
Que les baisers fiévreux, que les creuses études
Sont plus sages ici que, dites à genoux,
La prière du lâche et celle du débile.

La nuit grasse est tombée en des gouffres connus
Où le jour la suivra d'une chute docile
Car il dresse déjà sur les monts son corps nu.

Il se baigne à la source, il franchit la vallée,
Il pénètre la mer de son reflet puissant.
Le cortège des bruits va prendre sa volée
Pour chanter le retour du bel adolescent.

Éteignez tous les feux et dispersez la cendre,
Le jour est bon à vivre et l'heure est bonne à prendre.

Sens

ART POÉTIQUE

Par le travers de la gueule
Ramassée dans la boue et la gadoue
Crachée, vomie, rejetée —
Je suis le vers témoin du souffle de mon maître —
Déchet, rebut, ordures
Comme le diamant, la flamme et le bleu de ciel
Pas pure, pas vierge
Mais baisée dans tous les coins
baisée enfilée sucée enculée violée
Je suis le vers témoin du souffle de mon maître
Baiseuse et violatrice
Pas pucelle
Rien de plus sale qu'un pucelage
Ouf! ça y est on en sort
Bonne terre boueuse où je mets le pied
Je suis pour le vent le grand vent et la mer
Je suis le vers témoin du souffle de mon maître
Ça craque ça pète ça chante ça ronfle
Grand vent tempête cœur du monde

Il n'y a plus de sale temps
J'aime tous les temps j'aime le temps
J'aime le grand vent
Le grand vent la pluie les cris la neige le soleil le feu et
tout ce qui est de la terre boueuse ou sèche
Et que ça croule!
Et que ça pourrisse
Pourrissez vieille chair vieux os
Par le travers de la gueule
Et que ça casse les dents et que ça fasse saigner les gencives
Je suis le vers témoin du souffle de mon maître
L'eau coule avec son absurde chant de colibris
de rossignol et d'alcool brûlant dans une casserole
coule le long de mon corps
Un champignon pourrit au coin de la forêt ténébreuse
dans laquelle s'égare et patauge pieds nus une femme
du tonnerre de dieu
Ça pourrit dur au pied des chênes
Une médaille d'or n'y résiste pas
C'est mou
C'est profond
Ça cède
Ça pourrit dur au pied des chênes
Une lune d'il y a pas mal de temps
Se reflète dans cette pourriture
Odeur de mort odeur de vie odeur d'étreinte
De cocasses créatures d'ombre doivent se rouler
et se combattre et s'embrasser ici
Ça pourrit dur au pied des chênes
Et ça souffle encore plus dur au sommet
Nids secoués et les fameux colibris de tout à l'heure
Précipités
Rossignols époumonés
Feuillage des forêts immenses et palpitantes

Souillé et froissé comme du papier à chiottes
Marées tumultueuses et montantes du sommet
des forêts vos vagues attirent vers le ciel
les collines dodues dans une écume
de clairières et de pâturages veinée de
fleuves et de minerais
Enfin le voilà qui sort de sa bauge
L'écorché sanglant qui chante avec sa gorge à vif
Pas d'ongles au bout de ses doigts
Orphée qu'on l'appelle
Baiseur à froid confident des Sibylles
Bacchus châtré délirant et clairvoyant
Jadis homme de bonne terre issu de bonne graine par
  bon vent
Parle saigne et crève
Dents brisées reins fêlés, artères nouées
Cœur de rien
Tandis que le fleuve coule roule et saoule
de grotesques épaves de péniches d'où
coule du charbon
Gagne la plaine et gagne la mer
Écume roule et s'use
Sur le sable le sel et le corail
J'entrerai dans tes vagues
A la suite du fleuve épuisé
Gare à tes flottes !
Gare à tes coraux, à ton sable, à ton sel à tes festins
Sorti des murailles à mots de passe
Par le travers des gueules
Par le travers des dents
Beau temps
Pour les hommes dignes de ce nom
Beau temps pour les fleuves et les arbres
Beau temps pour la mer

Restent l'écume et la boue
Et la joie de vivre
Et une main dans la mienne
Et la joie de vivre
Je suis le vers témoin du souffle de mon maître.

EN DESCENDANT DES COLLINES AU PRINTEMPS

En descendant des collines au printemps
A l'heure où la rosée brille dans les toiles d'araignées
Au bruit lointain du fer battu dans les forges,
Au miroitement du jour dans l'eau des rivières.

En descendant des collines au printemps
J'ai laissé, dis-je, avec l'hiver les chagrins et les rancunes
Un amour profond me transporte de joie
Et ma haine elle-même me transporte et m'exalte.

En descendant des collines au printemps
Abandonnant des tombes vermoulues et des souvenirs,
Ivre des parfums de la terre et de l'air
Et me dilatant jusqu'à contenir le monde.

En descendant des collines au printemps,
J'ai brisé les balances où je pesais la vie et la mort,
Enfin prêt à accueillir l'été et les vendanges,
Prêt à accepter que le chemin, mon chemin s'interrompe.

En descendant des collines au printemps
Vivant de plus de joie qu'aux jours de ma jeunesse
Mais attentif aux parfums de la terre et de l'air,
Attentif à l'écho d'une petite chanson lointaine
Chantée, d'une voix mal assurée, par une petite fille
Que jamais je ne connaîtrai.

18-V-1943

CRÉPUSCULE D'ÉTÉ

Crépuscule d'été baigné de brouillard rose
Déchiré par le bleu des ardoises des toits,
Le bleu du ciel, le bleu de l'asphalte et, parfois
Saignant sur une vitre où des reflets s'opposent

Reflet de la rivière en le feuillage enclose
Reflet du son, reflet du lit en désarroi,
Vibrations des carreaux au fracas des convois,
Tout ici se rencontre et se métamorphose.

Le soleil lourdement roule sur les maisons,
Dans la rumeur du soir et l'écho des chansons :
La nuit effacera cet univers fragile,

Le fantôme du lit quitté par les amants
Et le défaut du verre imitant le diamant.
Mais la vitre longtemps vibrera sur la ville.

FENÊTRE

Par une fenêtre jaune d'or
Entrent la pomme et l'ananas
L'insecte et le poisson
L'oiseau et l'ombre

Pas la peine de faire tant de nuit
Sur un plat de légumes exotiques
Le bateau à voiles sorti d'un autre âge
Ira quand même à bon port

A bon port et à merci
A bon port et à son corps défendant
Un cri n'ayant jamais cassé quatre pattes
A un fauteuil.

OHÉ DE LA VALLÉE

Au détour du sentier dans la montagne
La carcasse du mulet mort l'autre année
Sous la charge trop lourde qu'il portait
Achève de blanchir sous le soleil de plomb.

Le parfum du thym et le bourdonnement des insectes
Emplissent l'air jusqu'à l'ivresse du passant
Qui sent le temps hésiter à poursuivre sa route
Et le monde vaciller dans la chaleur.

Dans la vallée, au bas des pentes escarpées,
Des mules passent en trottant
Au bruit de leurs grelots et de leurs fers.

Dans la cour d'une ferme des hommes entourent
Une brebis qui vient de mettre bas
Et l'un d'eux lève vers le ciel un agneau étonné de vivre

CHEVAL

Cheval de fer et de fumier, mâcheur de paille,
Cheval jailli de la tempête et du dégel,
Agite le panache à ton front blanc de sel
Et, d'un train paresseux, mène les funérailles.

Car on conduit en terre au soir de la bataille
Un être. Qui est-il ? il est mort et le ciel
Montre sa trame et ses accrocs et ses tunnels
Et se retourne et se déchire et tonne et bâille.

Pas de nom sur la tombe où pourrira ce mort,
Pas de légende où faire un jour vivre ce corps
Rien que l'oubli, si l'oubli peut avec la haine

Se concilier, et si, sans visage et sans nom
Ce mort reste un exemple et si, jusqu'aux canons
Enfoncé, le cheval le cloue en sa géhenne.

LE PROMONTOIRE

Si Phèdre, après la mort, te retrouve, Hippolyte,
Tous deux ayant cessé de vivre au même instant,
Quels baisers, quelle étreinte hors des portes du temps
Hors de l'espace!... Un cri vous porte et vous habite.

Au labyrinthe, alors, des astres insolites,
C'est le vol d'un oiseau qui chancelle en portant
Une flèche fichée au poitrail et, pourtant,
De son sang cet oiseau vous teint et ressuscite.

Adieu mémoire, adieu beaux noms de vos amours,
Beaux sens adieu. Soyez muets, aveugles, sourds,
Regrettez et pleurez vos corps qui se dispersent.

Le monstre est pourriture et le ciel est chargé,
Thésée, au promontoire, en son geste est figé.
Phèdre, ton souvenir l'épouse à la renverse.

L'ÉTOILE DU MATIN

C'est l'appel du village aux paresseux bergers
Qui chante ce matin dans mon cœur, et j'aspire,
Tous les verres vidés, à dormir aux vergers
Où chantent les oiseaux, où les abeilles girent.

Face au ciel, et cherchant dans les nuages en marche
Des géants abrutis par le froid et la nuit,
Je verrais se creuser des tunnels et des arches
Et des arbres de lueurs porter des lueurs de fruits.

Tout au fond d'un cratère écrasant de vertiges
Apparaîtrait l'étoile aux pointes de cristal,
La rose du matin détachée de sa tige,
La belle promeneuse au regard sans rival

Robe de velours noir et diadème éclatant
De la boue de comète à la soie du corsage,
Collier brisé laissant tomber tant de diamants
Que l'herbe autour de moi pleure comme un visage

Je t'enferme en mes yeux clos sur ta belle image
Aux ténébreux jardins roués par les éclairs
Que ta robe et tes pieds laissent sur leur passage
Quand tu sors de la mer tumultueuse de l'air.

Mais je voudrais savoir où tu passas la nuit.
Ainsi que moi, tu dors aux heures de lumière
Indifférente aux cris, aux chants, au jour, aux bruits
Ainsi que moi, tu dors et rêves la dernière.

Et je souhaite de dormir sous tes réseaux
De te voir apparaître au-dessus des campagnes
Dans un verger bruyant d'abeilles et d'oiseaux
A l'ombre du plus grand des châteaux en Espagne

Et je me dissoudrais dans un sommeil profond
Comme le café noir et comme la migraine
Ou la sonorité du bronze des bourdons
Et la monotonie du feu et des fontaines.

Tandis que toi, pâlie à l'écume du jour,
Disparaîtrais du ciel comme un reste de poudre
Sur un visage en proie aux charmes de l'amour
Qui flambe et monte avec le fracas de la foudre.

LE MIROIR ET LE MONDE

Chaque jour de ses dents aiguës
Le temps déchire un peu le tain
De ce miroir et restitue
A l'espace un nouveau butin

La lèpre marque le visage
Et masque un retard qui s'éteint
Las et las de se reconnaître
Chaque soir et chaque matin

Le paysage apparaissant
Avec son ciel et son lointain
Libère un reflet et invite
Narcisse à vivre l'incertain
Le limpide, le beau voyage
Entre le soir et le matin

QUATRE SAISONS

Elle naît au déclin de l'automne
Elle vit en rêve tout un hiver
Elle s'éveille en sursaut au printemps
Elle aime, elle aime en plein été

Elle sème des souvenirs en automne
Elle oublie ses souvenirs en hiver
Elle chante la vie au printemps
Elle se tait, elle se tait en été

Elle parle à travers l'automne
Elle écoute une voix en hiver
Elle va vers la vie au printemps
Elle nie, elle nie la mort en été

On la perd de vue en automne
On l'oublie, on l'oublie en hiver
Quelqu'un se souvient d'elle un jour de printemps
Son nom naufrage pour jamais au cœur de l'été

Automne, hiver, printemps, été
Être être et avoir été

1943

CHANSON DE ROUTE

C'est avec du crottin de Pégase
Qu'Eusèbe a fumé son jardin.
Avec du crottin de Pégase ?
Oh ! oh !
Pour du crottin, c'est du crottin
Eusèbe appartient au gratin.

C'est avec du crottin de Licorne
qu'Eusèbe a fumé son jardin
avec du crottin de Licorne ?
Oh ! oh !
Pour du crottin c'est du crottin
Eusèbe n'est pas un crétin.

Avec du crottin de Minotaure
Eusèbe a fumé son jardin
ouais du crottin de minotaure !
oh ! oh !
non du crottin mais de la bouse
qu'Eusèbe a mis sur sa pelouse.

4 avril 1944
Desnos pour son ami Eirisch
Camp de Compiègne

PRINTEMPS

Tu, Rrose Sélavy, hors de ces bornes erres
Dans un printemps en proie aux sueurs de l'amour,
Aux parfums de la rose éclose aux murs des tours,
à la fermentation des eaux et de la terre.

Sanglant, la rose au flanc, le danseur, corps de pierre
Paraît sur le théâtre au milieu des labours.
Un peuple de muets d'aveugles et de sourds
applaudira sa danse et sa mort printanière.

C'est dit. Mais la parole inscrite dans la suie
S'efface au gré des vents sous les doigts de la pluie
Pourtant nous l'entendons et lui obéissons.

Au lavoir où l'eau coule un nuage simule
A la fois le savon, la tempête et recule
l'instant où le soleil fleurira les buissons.

Desnos
6.4.44
19, rue Mazarine
Paris VI

A la caille

MARÉCHAL DUCONO

Maréchal Ducono se page avec méfiance,
Il rêve à la rebiffe et il crie au charron
Car il se sent déjà loquedu et marron
Pour avoir arnaqué le populo de France.

S'il peut en écraser, s'étant rempli la panse,
En tant que maréchal à maousse ration,
Peut-il être à la bonne, ayant dans le croupion
Le pronostic des fumerons perdant patience?

A la péter les vieux et les mignards calenchent,
Les durs bossent à cran et se brossent le manche :
Maréchal Ducono continue à pioncer.

C'est tarte, je t'écoute, à quatre-vingt-six berges,
De se savoir vomi comme fiotte et faux derge
Mais tant pis pour son fade, il aurait dû clamser.

PETRUS D'AUBERVILLIERS

Parce qu'il est bourré d'aubert et de bectance
L'auverpin mal lavé, le baveux des pourris
Croit-il encor farcir ses boudins par trop rances
Avec le sang des gars qu'on fusille à Paris ?

Pas vu ? Pas pris ! Mais il est vu, donc il est frit,
Le premier bec de gaz servira de potence.
Sans préventive, sans curieux et sans jury
Au demi-sel qui nous a fait payer la danse.

Si sa cravate est blanche elle sera de corde.
Qu'il ait des roustons noirs ou bien qu'il se les morde,
Il lui faudra fourguer son blaze au grand pégal.

Il en bouffe, il en croque, il nous vend, il nous donne
Et, à la Kleberstrasse, il attend qu'on le sonne
Mais nous le sonnerons, nous, sans code pénal.

LE BON BOUILLON

Le grand sorcier peut bien bonir pour les moujinques
La paix ! Le pet ! pour le gnière aux tifs pointus.
Les vingt-deux sont sonnés, vla les flics ! vla la trinque !
C'est deux fois l'heure du bouillon pour le têtu.

Car à Wagram, à la Popinque ou aux Vertus
Il n'est pas un fauché pour endosser son drinke,
Il faudrait être cloche ou fada ou tordu
Pour mettre un seul linvé sur les hitlo-germinques.

Hitler, mon patelin te porte au sinoqué.
Tu l'as voulu, tu l'auras pas, tu vas raquer,
Tu ne t'en iras pas en faisant Charlemagne.

Car, frère mironton, si tu vas au pétard
Tu peux te suicider, à la dure, au pétard,
Mais je crois que plutôt tu en tiens pour le bagne.

FRÈRES MIRONTONS

Pour le rond, pour le dix et pour la terre jaune,
Une chiée a la dent, mais j'ai l'estomme en vrac
A les imaginer, deux par deux, cul à trac
La dossière et le zob à la mode d'Ancône.

Tel empapahouta chez nous demande aumône
Aux louchébems ou aux sergots ou même aux macs,
Tels autres sont mordus pour des girons, des jacks
Pour un télégraphiste, enfin pour un beau môme,

Les frères mirontons n'en demandent pas tant,
La ficelle, elle seule, émeut leur palpitant,
Par discipline ils se font donc dorer la rose.

Passe encor de se faire emmancher par un dur
Ou d'aller au petit d'un mignon, d'un pas mûr,
Mais pour l'oberleutnant se défoncer le prose!

LE FRÈRE AU PÉTARD

A Pantin la verdure a pu traîner ses grolles,
Tas de branques farcis de bobards à la noix,
A force de calter s'atigent leurs guibolles
Et, pour roter pardon, ils n'auront plus de voix.

Au train onze on verra s'esbigner les mariolles
Quand nous aurons condé de crécher dans nos bois
Et qu'ils renifleront au rif des roubignolles
Le nazi dont les sœurs ont payé leurs exploits.

Ils pourront déflaquer au barbu conjugal,
Le bide enflé leur régulière aura grand mal
A vêler les lardons qui porteront leur blaze.

Une chose est cherrer, une autre aller au pieu,
Et les meilleurs cherreurs viennent toujours au lieu
Où plus fortiche attend et leur bouffe le naze.

MINUTE!

Tu dis vrai quand tu dis qu'ils rembarquent la chtouille
Au pays où l'on cache avec un élastic.
Que déhotent leurs crocs, que valdinguent leurs douilles,
Ils se piquouseront, en gruingue, à l'arsenic.

Mais tu te gourres si tu crois que leur andouille,
Un chouïa, seulement, morfila de vrais crics.
Des boudins, je te dis, panèrent ces panouilles,
Des veaux à faire aller, au refile, un indic.

Ils vont droit aux pétards écumants de vérole,
Ils se croient des caïds, ce sont des branquignoles,
Pour se faire plomber raquant en michetons.

Ils n'ont pas eu nos sœurs, ils n'ont pas eu nos dames,
Ce n'est pas leurs bécots qui leur donnent la rame
Mais de se répéter « Nous sommes les vrais cons. »

RUE AUBRY-LE-BOUCHER (EN DÉMOLITION)

Rue Aubry-le-Boucher on peut te foutre en l'air,
Bouziller tes tapins, tes tôles et tes crèches
Où se faisaient trancher des sœurs comaco blèches
Portant bavette en deuil sous des nichons riders.

On peut te maquiller de béton et de fer
On peut virer ton blaze et dégommer ta dèche
Ton casier judiciaire aura toujours en flèche
Liabeuf qui fit risette un matin à Deibler.

A Sorgue, aux Innocents, les esgourdes m'en tintent.
Son fantôme poursuit les flics. Il les esquinte.
Par vanne ils l'ont donné, sapé, guillotiné

Mais il décarre, malgré eux. Il court la belle,
Laissant en rade indics, roussins et hirondelles,
Que de sa lame Aubry tatoue au raisiné.

A PIERROT LES GRANDES FEUILLES SUR LE FAIT DES « DIEUX VERTS »

Pierrot tu jactes bien et, verts comme des dos,
Tes sacrés nom de dieu de Bons Dieux ont la touche
Qui chante à ma mousmée. Elle en rote, elle en louche
Elle en jouit dans sa loque et palpite du pot.

Quant à moi, pour le gringue ayant peu d'à propos,
Ne m'en ressentant pas pour enculer des mouches,
Je la boucle en serrant ma pipe entre les touches
Mais j'estime tes Grecs des durs et des francos.

La mère Guette-au-Trou qui depuis trente berges
Fait son blé des bitards enfournés par nos verges
Peut s'habiller. Jamais les sœurs qui font le tas

Ne pourront chier des mecs comme ceux dont tu causes
Autant pisser du pive ou dégraisser son prose
D'un colombin doré reniflant les lilas.

Ce cœur qui haïssait la guerre.

SI, COMME AUX VENTS DÉSIGNÉS PAR LA ROSE...

Si, comme aux vents désignés par la rose
Il est un sens à l'espace et au temps,
S'ils en ont un ils en ont mille et plus
Et tout autant s'ils n'en possèdent pas.

Or qui de nous n'imagine ou pressent,
Ombres vaguant hors des géométries,
Des univers échappant à nos sens ?

Au carrefour de routes en obliques
Nous écoutons s'éteindre un son de cor,
Toujours renaissant, toujours identique.

Cette vision du ciel et de la rose
Elle s'absorbe et se dissout dans l'air
Comme les sons dont frémit notre chair
Ou les lueurs sous nos paupières closes.

Nous nous heurtons à d'autres univers
Sans les sentir, les voir ou les entendre
Au creux été, aux cimes de l'hiver,
D'autres saisons sur nous tombent en cendre.

Tandis qu'aux vents désignés par la rose
Claque la porte et claquent les drapeaux,
Gonfle la voile et sans visible cause
Une présence absurde à nous s'impose
Matérielle, indifférente et sans repos.

LE LEGS

Et voici, Père Hugo, ton nom sur les murailles!
Tu peux te retourner au fond du Panthéon
Pour savoir qui a fait cela. Qui l'a fait? On!
On c'est Hitler, on c'est Gœbbels... C'est la racaille,

Un Laval, un Pétain, un Bonnard, un Brinon,
Ceux qui savent trahir et ceux qui font ripaille,
Ceux qui sont destinés aux justes représailles
Et cela ne fait pas un grand nombre de noms.

Ces gens de peu d'esprit et de faible culture
Ont besoin d'alibis dans leur sale aventure.
Ils ont dit : « Le bonhomme est mort. Il est dompté. »

Oui, le bonhomme est mort. Mais par-devant notaire
Il a bien précisé quel legs il voulait faire :
Le notaire a nom : France, et le legs : Liberté.

CE CŒUR QUI HAÏSSAIT LA GUERRE...

Ce cœur qui haïssait la guerre voilà qu'il bat pour le combat et la bataille!

Ce cœur qui ne battait qu'au rythme des marées, à celui des saisons, à celui des heures du jour et de la nuit,

Voilà qu'il se gonfle et qu'il envoie dans les veines un sang brûlant de salpêtre et de haine

Et qu'il mène un tel bruit dans la cervelle que les oreilles en sifflent

Et qu'il n'est pas possible que ce bruit ne se répande pas dans la ville et la campagne

Comme le son d'une cloche appelant à l'émeute et au combat.

Écoutez, je l'entends qui me revient renvoyé par les échos.

Mais non, c'est le bruit d'autres cœurs, de millions d'autres cœurs battant comme le mien à travers la France.

Ils battent au même rythme pour la même besogne tous ces cœurs,

Leur bruit est celui de la mer à l'assaut des falaises

Et tout ce sang porte dans des millions de cervelles un même mot d'ordre :

Révolte contre Hitler et mort à ses partisans!

Pourtant ce cœur haïssait la guerre et battait au rythme des saisons,

Mais un seul mot : Liberté a suffi à réveiller les vieilles colères

Et des millions de Français se préparent dans l'ombre à la besogne que l'aube proche leur imposera.

Car ces cœurs qui haïssaient la guerre battaient pour la liberté au rythme même des saisons et des marées, du jour et de la nuit.

CHANT DU TABOU

— Le tabou est sur toi, le tabou est sur nous! Ainsi chantent les héros qui te suivent.

— Le tabou est sur toi et nul n'osera te toucher. Ta vie est sacrée et ta personne frappe d'épouvante les meurtriers.

— Le tabou est sur toi, le tabou est sur nous, car nous avons ravivé les anciennes coutumes et les usages préhistoriques.

— Le tabou est sur toi et nous ne voulons être que ta peuplade barbare, obéissant à tes ordres et mourant sans mot dire.

— Le tabou est sur toi, le tabou est sur nous, et c'est pourquoi nous avons élargi, autour de toi, notre cercle sur la terre.

— Le tabou est sur toi! Nos conquêtes, sanglants sacrifices, sont la mesure de notre commune folie, la tienne et la nôtre.

— Le tabou est sur toi, le tabou est sur nous! Partout où nous passons nous creusons nos cimetières à la place des architectures.

— Le tabou est sur toi et nul ne peut rien contre toi, ô chef! ô intouchable! pareil aux déments, aux lépreux et aux pestiférés.

— Le tabou est sur toi, le tabou est sur nous! Une mort magique nous garde, seule, dans ses étables et ses abattoirs.

— Le tabou est sur toi, ô chef! ô fossoyeur! et ton peuple marche à tes cris vers l'inexorable sacrifice.

— Le tabou est sur toi, le tabou est sur nous. La nourriture que tu nous refuses, nous ne pouvons te la donner.

— Le tabou est sur toi et tu mourras de faim, comme nous-mêmes, suivant le rite, et les peuples de la terre se réjouiront.

— Le tabou est sur toi, le tabou est sur nous, bêtes cruelles, bourreaux imbéciles.

— Le tabou est sur toi! Adolphe Hitler! Fuehrer! Chef! Destin même d'un peuple qui a choisi d'être criminel et haï.

— Le tabou est sur toi, le tabou est sur nous! Ainsi chantent les soldats de l'agonisante Allemagne, gueules de brutes, cervelles de singes, cœurs de porcs de l'agonisante Allemagne.

— Le tabou est sur toi, le tabou est sur nous! Rien ne peut nous libérer du tragique destin que nous avons choisi en toi, nous, la foule allemande des déments et qui doutons de n'être pas morts déjà et vampires affamés en quête de pourriture et de néant.

— Le tabou, le tabou est sur toi, le tabou est sur nous et la ruine et la mort, la défaite et la famine, et pas même une légende d'or et de sang pour tirer nos ombres de leur tourment. Le tabou est sur toi, le tabou est sur nous.

SOL DE COMPIÈGNE

CHŒUR *(très pressé et comme se chevauchant)*
Craie et silex et herbe et craie et silex
Et silex et poussière et craie et silex
Herbe, herbe et silex et craie, silex et craie
(ralenti)
Silex, silex et craie
Et craie et silex
Et craie...

UNE VOIX
Quelque part entre l'Hay-les-Roses
Et Bourg-la-Reine et Antony
Entre les roses de l'Hay
Entre Clamart et Antony

CHŒUR *(très rythmé)*
Craie et silex — craie et silex
Et craie
Et silex et craie et silex et craie
Et silex

UNE VOIX
Entre les roses de l'Hay
Et les arbres de Clamart
Avez-vous vu la sirène
La sirène d'Antony
Qui chantait à Bourg-la-Reine
Et qui chante encore à Fresnes.

CHŒUR

Sol de Compiègne!
Terre grasse et cependant stérile
Terre de silex et de craie
Dans ta chair
Nous marquons l'empreinte de nos semelles
Pour qu'un jour la pluie de printemps
S'y repose comme l'œil d'un oiseau
Et reflète le ciel, le ciel de Compiègne
Avec tes images et tes astres
Lourd de souvenirs et de rêves
Plus dur que le silex
Plus docile que la craie sous le couteau

UNE VOIX

A Paris près de Bourg-la-Reine
J'ai laissé seules mes amours
Ah! que les bercent les sirènes
Je dors tranquille, oh! mes amours
Et je cueille, à l'Hay, les roses
Que je vous porterai un jour
Alourdies de parfums et de rêves
Et, comme vos paupières, écloses
Au clair soleil d'une vie moins brève
Pleine d'éclairs comme un silex,
Lumineuse comme la craie

CHŒUR *(alterné)*

Et craie et silex et silex et craie
Sol de Compiègne!
Sol fait pour la marche
Et la longue station des arbres,
Sol de Compiègne!
Pareil à tous les sols du monde,

Sol de Compiègne!
Un jour nous secouerons notre poussière
Sur ta poussière
Et nous partirons en chantant.

UNE VOIX

Nous partirons en chantant
En chantant vers nos amours
La vie est brève et bref le temps.

AUTRE VOIX

Rien n'est plus beau que nos amours

AUTRE VOIX

Nous laisserons notre poussière
Dans la poussière de Compiègne
(scandé)
Et nous emporterons nos amours
Nos amours qu'il nous en souvienne

CHŒUR

Qu'il nous en souvienne.

LE VEILLEUR DU PONT-AU-CHANGE

Je suis le veilleur de la rue de Flandre,
Je veille tandis que dort Paris.
Vers le nord un incendie lointain rougeoie dans la nuit.
J'entends passer des avions au-dessus de la ville.

Je suis le veilleur du Point du Jour.
La Seine se love dans l'ombre, derrière le viaduc d'Auteuil,

Sous vingt-trois ponts à travers Paris.
Vers l'ouest j'entends des explosions.

Je suis le veilleur de la Porte Dorée.
Autour du donjon le bois de Vincennes épaissit ses ténèbres.
J'ai entendu des cris dans la direction de Créteil
Et des trains roulent vers l'est avec un sillage de chants de révolte.

Je suis le veilleur de la Poterne des Peupliers.
Le vent du sud m'apporte une fumée âcre,
Des rumeurs incertaines et des râles
Qui se dissolvent, quelque part, dans Plaisance ou Vaugirard.
Au sud, au nord, à l'est, à l'ouest,
Ce ne sont que fracas de guerre convergeant vers Paris.

Je suis le veilleur du Pont-au-Change
Veillant au cœur de Paris, dans la rumeur grandissante
Où je reconnais les cauchemars paniques de l'ennemi,
Les cris de victoire de nos amis et ceux des Français,
Les cris de souffrance de nos frères torturés par les Allemands d'Hitler.

Je suis le veilleur du Pont-au-Change
Ne veillant pas seulement cette nuit sur Paris,
Cette nuit de tempête sur Paris seulement dans sa fièvre et sa fatigue,
Mais sur le monde entier qui nous environne et nous presse.
Dans l'air froid tous les fracas de la guerre
Cheminent jusqu'à ce lieu où, depuis si longtemps, vivent les hommes.

Des cris, des chants, des râles, des fracas il en vient de partout,
Victoire, douleur et mort, ciel couleur de vin blanc et de thé,
Des quatre coins de l'horizon à travers les obstacles du globe,
Avec des parfums de vanille, de terre mouillée et de sang,
D'eau salée, de poudre et de bûchers,
De baisers d'une géante inconnue enfonçant à chaque pas dans la terre grasse de chair humaine.

Je suis le veilleur du Pont-au-Change
Et je vous salue, au seuil du jour promis
Vous tous camarades de la rue de Flandre à la Poterne des Peupliers,
Du Point du Jour à la Porte Dorée.

Je vous salue vous qui dormez
Après le dur travail clandestin,
Imprimeurs, porteurs de bombes, déboulonneurs de rails, incendiaires,
Distributeurs de tracts, contrebandiers, porteurs de messages,
Je vous salue vous tous qui résistez, enfants de vingt ans au sourire de source
Vieillards plus chenus que les ponts, hommes robustes, images des saisons,
Je vous salue au seuil du nouveau matin.

Je vous salue sur les bords de la Tamise,
Camarades de toutes nations présents au rendez-vous,
Dans la vieille capitale anglaise,
Dans le vieux Londres et la vieille Bretagne,

Américains de toutes races et de tous drapeaux,
Au-delà des espaces atlantiques,
Du Canada au Mexique, du Brésil à Cuba,
Camarades de Rio, de Tehuantepec, de New York et San Francisco.

J'ai donné rendez-vous à toute la terre sur le Pont-au-Change,
Veillant et luttant comme vous. Tout à l'heure,
Prévenu par son pas lourd sur le pavé sonore,
Moi aussi j'ai abattu mon ennemi.

Il est mort dans le ruisseau, l'Allemand d'Hitler anonyme et haï,
La face souillée de boue, la mémoire déjà pourrissante,
Tandis que, déjà, j'écoutais vos voix des quatre saisons,
Amis, amis et frères des nations amies.

J'écoutais vos voix dans le parfum des orangers africains,
Dans les lourds relents de l'océan Pacifique,
Blanches escadres de mains tendues dans l'obscurité,
Hommes d'Alger, Honolulu, Tchoung-King,
Hommes de Fez, de Dakar et d'Ajaccio.

Enivrantes et terribles clameurs, rythmes des poumons et des cœurs,
Du front de Russie flambant dans la neige,
Du lac Ilmen à Kief, du Dniepr au Pripet,
Vous parvenez à moi, nés de millions de poitrines.

Je vous écoute et vous entends. Norvégiens, Danois, Hollandais,
Belges, Tchèques, Polonais, Grecs, Luxembourgeois,
Albanais et Yougo-Slaves, camarades de lutte.

J'entends vos voix et je vous appelle,
Je vous appelle dans ma langue connue de tous
Une langue qui n'a qu'un mot :
Liberté!

Et je vous dis que je veille et que j'ai abattu un homme
d'Hitler.
Il est mort dans la rue déserte
Au cœur de la ville impassible j'ai vengé mes frères
assassinés
Au Fort de Romainville et au Mont Valérien,
Dans les échos fugitifs et renaissants du monde, de la ville
et des saisons.

Et d'autres que moi veillent comme moi et tuent,
Comme moi ils guettent les pas sonores dans les rues
désertes,
Comme moi ils écoutent les rumeurs et les fracas de la
terre.

A la Porte Dorée, au Point du Jour,
Rue de Flandre et Poterne des Peupliers,
A travers toute la France, dans les villes et les champs,
Mes camarades guettent les pas dans la nuit
Et bercent leur solitude aux rumeurs et fracas de la terre.

Car la terre est un camp illuminé de milliers de feux.
A la veille de la bataille on bivouaque par toute la terre
Et peut-être aussi, camarades, écoutez-vous les voix,

Les voix qui viennent d'ici quand la nuit tombe,
Qui déchirent des lèvres avides de baisers
Et qui volent longuement à travers les étendues

Comme des oiseaux migrateurs qu'aveugle la lumière des phares
Et qui se brisent contre les fenêtres du feu.

Que ma voix vous parvienne donc
Chaude et joyeuse et résolue,
Sans crainte et sans remords
Que ma voix vous parvienne avec celle de mes camarades,
Voix de l'embuscade et de l'avant-garde française.

Écoutez-nous à votre tour, marins, pilotes, soldats,
Nous vous donnons le bonjour,
Nous ne vous parlons pas de nos souffrances mais de notre espoir,
Au seuil du prochain matin nous vous donnons le bonjour,
A vous qui êtes proches et, aussi, à vous
Qui recevrez notre vœu du matin
Au moment où le crépuscule en bottes de paille entrera dans vos maisons.
Et bonjour quand même et bonjour pour demain!
Bonjour de bon cœur et de tout notre sang!
Bonjour, bonjour, le soleil va se lever sur Paris,
Même si les nuages le cachent il sera là,
Bonjour, bonjour, de tout cœur bonjour!

✩

Vaincre le jour, vaincre la nuit,
Vaincre le temps qui colle à moi,
Tout ce silence, tout ce bruit,
Ma faim, mon destin, mon horrible froid.

Vaincre ce cœur, le mettre à nu,
Écraser ce corps plein de fables
Pour le plonger dans l'inconnu,
Dans l'insensible, dans l'impénétrable.

Briser enfin, jeter au noir
Des égouts ces vieilles idoles,
Convertir la haine en espoir,
En de saintes les mauvaises paroles.

Mais mon temps n'est-il pas perdu?
Tu m'as pris tout le sang, Paris.
A ton cou je suis ce pendu,
Ce libertaire qui pleure et qui rit.

Réflexions sur la poésie

Il y a une constante poétique. Il y a des changements de mode. Il y a des changements de manies. Il y a aussi des motifs d'inspiration si impérieux que, à tout prix, il faut qu'ils soient exprimés. Ces motifs d'inspiration existent en ce moment et ils doivent s'exprimer en ce moment.

★

Chacun trouve son aliment poétique où il lui plaît. La lecture des *Dieux verts* de Pierre Devaux m'a plus appris sur un mécanisme possible de l'image poétique que tel ou tel pesant article.

★

Villon, Gérard de Nerval, Gongora me paraissent avec le grand Baffo des sujets de réflexions actuelles quant à la technique poétique. Unir le langage populaire, le plus populaire, à une atmosphère inexprimable, à une imagerie aiguë; annexer des domaines qui, même de nos jours, paraissent incompatibles avec le satané « langage noble » qui renaît sans cesse des langues arrachées du cerbère galeux qui défend l'entrée du domaine poétique, voilà qui me paraît besogne souhaitable sans oublier, je le répète, certains motifs impérieux d'inspiration actuelle...

*

Les plus grands noms de notre époque (je parle des poètes) ne sont pas encore assurés d'une place supérieure au troisième rayon de la bibliothèque d'un érudit curieux de l'an 2000. Cela n'a d'ailleurs aucune importance. La grande poésie peut être nécessairement actuelle, de circonstances... elle peut donc être fugitive.

*

La poésie peut être ceci ou cela. Elle ne doit pas être forcément ceci ou cela... sauf délirante et lucide.

*

Les écoles se suivent et se confondent. Le romantisme englobe maintenant Parnasse, symbolisme, naturalisme. Il y a un romantisme athée, un romantisme catholique. Et, à y regarder de près, le romantisme concilie le XVIIIe siècle philosophique et le Moyen Age métaphysique... concilie à la façon d'un cuisinier qui croirait concilier l'huile et le vinaigre en faisant une salade.

*

Il me semble qu'au-delà du surréalisme il y a quelque chose de très mystérieux à réduire, au-delà de l'automatisme il y a le délibéré, au-delà de la poésie il y a le poème, au-delà de la poésie subie il y a la poésie imposée, au-delà de la poésie libre il y a le poète libre.

*

Ce mystérieux domaine dont je viens de parler, je le sens derrière Nerval de qui il faudra bien repartir pour se libérer de Mallarmé, de Rimbaud, de Lautréamont. Mais les portes de ce domaine ne s'ouvriront peut-être qu'avec un mot trouvé dans les ballades en jargon de Villon.

*

Gongora... le poème suit son chemin tout droit, à travers la forêt obscure et touffue, par une grande avenue, mais, de droite et de gauche, partent des allées transversales, des sentiers sinueux vers les lisières, et cela Gongora ne le supprime pas, il l'absorbe, il le garde, il l'emporte comme un prisonnier poursuivi qui emporterait avec lui les champs eux-mêmes et non leur clef.

*

Baffo est l'homme au sens le plus animal et le plus abstrait. Mais quel bon tempérament! Sade a dit : « F...

est-on délicat quand on b... »; oui, mais la poésie n'a que f...aire de délicatesse. Et je ne crois pas à Babylou poète.

La poésie peut parler de tout en toute liberté. Essayez un peu pour voir, poètes renaissants, mes amis, pour voir que vous n'êtes pas libres.

(Paris, janvier 1944)

Lettre à Youki

15 juillet 1944.

Mon Amour,

Notre souffrance serait intolérable si nous ne pouvions la considérer comme une maladie passagère et sentimentale. Nos retrouvailles embelliront notre vie pour au moins trente ans. De mon côté, je prends une bonne gorgée de jeunesse, je reviendrai rempli d'amour et de forces! Pendant le travail un anniversaire, mon anniversaire fut l'occasion d'une longue pensée pour toi. Cette lettre parviendra-t-elle à temps pour ton anniversaire? J'aurais voulu t'offrir 100 000 cigarettes blondes, douze robes des grands couturiers, l'appartement de la rue de Seine, une automobile, la petite maison de la forêt de Compiègne, celle de Belle-Isle et un petit bouquet à quatre sous. En mon absence achète toujours les fleurs, je te les rembourserai. Le reste, je te le promets pour plus tard.

Mais avant toute chose bois une bouteille de bon vin et pense à moi. J'espère que nos amis ne te laisseront pas seule ce jour. Je les remercie de leur dévouement et de leur courage. J'ai reçu il y a une huitaine de jours un paquet de J.-L. Barrault. Embrasse-le ainsi que Madeleine Renaud, ce paquet me prouve que ma lettre est arrivée. Je n'ai pas reçu de réponse, je l'attends chaque jour. Embrasse toute la famille, Lucienne, Tante Juliette, Georges. Si tu rencontres le frère de Passeur, adresse-lui toutes mes amitiés et demande-lui s'il ne connaît personne qui puisse te venir en aide. Que deviennent mes livres à l'impression? J'ai beaucoup d'idées de poèmes et de romans. Je regrette de n'avoir ni la liberté ni le temps de les écrire. Tu peux cependant dire à Gallimard que dans les trois mois qui suivront mon retour, il recevra le manuscrit d'un roman d'amour d'un genre tout nouveau. Je termine cette lettre pour aujourd'hui.

Aujourd'hui 15 juillet, je reçois quatre lettres, de Barrault, de Julia, du Dr Benet et de Daniel. Remercie-les et excuse-moi de ne pas répondre. Je n'ai droit qu'à une lettre par mois. Toujours rien de ta main, mais ils me donnent des nouvelles de toi; ce sera pour la prochaine fois. J'espère que cette lettre est notre vie à venir. Mon amour, je t'embrasse aussi tendrement que l'honorabilité l'admet dans une lettre qui passera par la censure. Mille baisers. As-tu reçu le coffret que j'ai envoyé à l'hôtel de Compiègne?

Robert.

VIE DE ROBERT DESNOS
1900-1945

1900 Le 4 juillet 1900 naît à Paris, 32, boulevard Richard-Lenoir (XIe arrondissement), Robert Desnos, second et dernier enfant de M. Lucien Desnos et de Madame, née Claire Guillais.

M. Desnos père est mandataire aux Halles pour la volaille et le gibier.

1902 En 1902 la famille Desnos déménage et s'installe 11, rue Saint-Martin (IVe arrondissement), puis vers 1913, 9, rue de Rivoli (IVe arrondissement). C'est à ce quartier des Halles, et tout particulièrement au quartier Saint-Merri que restent attachés les souvenirs d'enfance de Robert Desnos. Dans les dernières pages qu'il a écrites avant son arrestation, il évoque :

Les charmes de la rue de la Verrerie, les marchands de cierges, les petits ateliers de mécanique où la limaille jaillissait parmi les étincelles bleues.

Importance de l'enseigne « John Tavernier » le fabricant de bonbons de la rue du cloître Saint-Merri.

Les éplucheuses de queues de cerises. Muraour et l'odeur des orangers. La carderie. La construction des nouveaux magasins du Bazar de l'Hôtel-de-Ville. Le mendiant à l'angle de la rue Saint-Bon. La crèmerie Mauguin rue Saint-Martin. La petite fille de la rue des Juges-Consuls. (*Journal*, 21 février 1944.)

1911 Robert Desnos est élevé selon les principes de la petite bourgeoisie française : éducation religieuse (première communion en l'église Saint-Merri le 1er juin 1911), école laïque (école maternelle de la rue Sainte-Croix-de-la-Bretonnerie, école communale 36, rue des Archives, école municipale supérieure Turgot).

1913 Il obtient son certificat d'études en juin 1913, et quitte l'école Turgot en 1916, pourvu du brevet élémentaire (et ayant acquis des rudiments d'anglais et d'espagnol). Si la communale lui a paru très formatrice, il garde un mauvais souvenir du collège où il estime avoir perdu son
1916 temps. De 1913 à 1916, ce sont les lectures faites en marge de l'école (Baudelaire, Hugo, romans populaires, bandes dessinées) et les événements qui défraient la chronique (la bande à Bonnot) qui retiennent l'attention de Robert Desnos :

Il y avait les images des grands et des petits magasins, chromos distribués aux portes en même temps que des ballons, et qui figuraient généralement les aventures féeriques, dans des palais à l'architecture d'opéra, de personnages vêtus de soieries et de velours, images devinettes, images primes des épiceries...
Il y avait les affiches que le vent et la pluie intégraient peu à peu dans le bois des palissades qui, par leurs plaies, laissaient entrevoir ces étranges terrains vagues maintenant disparus de Paris. Leur superposition même ménageait des rencontres imprévues entre le boxeur et l'automobile, entre le roman feuilleton et l'annonce des trains de plaisir. (*Félix Labisse,* 1945.)

Et Desnos se fait lyrique pour chanter les belles images de son enfance :

Il y avait les intelligents dessinateurs des Belles Images, *du* Jeudi de la Jeunesse, *de* l'Épatant *et de* l'Intrépide, *où G. Ri explorait le ventre doré de la planète et les joailleries du ciel, où Forton, avec ses « Pieds Nickelés », créait une trinité nouvelle.*
Il y avait les couvertures de Nick Carter, *de* Buffalo Bill, *de* Fantomas *et des suppléments illustrés du* Petit Parisien *et du* Petit Journal.
Il y avait les illustrations de Jules Verne et de Paul d'Ivoi, illustrations qui petit à petit, sortaient des volumes fatigués,

des reliures brisées et commençaient à vivre d'une vie individuelle et lourde de mystère (Ibid.).

Tout un monde imaginaire se met à prendre corps dans la rêverie de l'enfant :

Tout un musée Grévin prolongeait ainsi les heures de la soirée, quand le gaz sifflait tragiquement dans les suspensions et quand les voix des grandes personnes, comme jaillies de profondes cavernes, ne pénétraient plus qu'avec peine dans les jeunes cervelles investies par le sommeil (Ibid.)

Passionné de littérature et d'imagerie moderne, imperméable aux discours patriotiques qui se tiennent autour de lui (famille, école), il décide d'arrêter ses études et de faire carrière hors du commerce. M. Desnos père met alors son fils en demeure de trouver les moyens de sa politique :

1917 Robert Desnos travaille comme commis dans une importante droguerie : Darrasse, rue Pavée; il y assume plusieurs fonctions et traduit en particulier des prospectus pharmaceutiques en diverses langues.

1918 Il écrit et commence à publier (dans la *Tribune des jeunes*, revue de tendance socialisante, patronnée par Henri Barbusse).

1919 Il devient secrétaire de Jean de Bonnefon, journaliste, écrivain. Ses fonctions lui laissent le temps de lire (et la bibliothèque de Bonnefon est somptueuse), d'écrire *(Prospectus, Le fard des Argonautes, L'ode à Coco).*
Il lie des relations amicales avec Henri Jeanson, Armand Salacrou, Rirette Maîtrejean, qui avait connu le milieu anarchiste de la bande à Bonnot.
Le poète Louis de Gonzague Frick lui donne accès à diverses revues *(Lutetia, Dits modernes)* et l'introduit dans les milieux littéraires modernistes et d'avant-garde. C'est à cette époque que Desnos place ses *Prospectus* sous le signe de Laurent Tailhade et Guillaume Apollinaire; c'est aussi le moment où il découvre Dada, ses manifestes et manifestations; il entre en relation avec Roger Vitrac et Benjamin Péret; par l'intermédiaire de ce dernier, il rencontre une fois André Breton.

1920-1921 Mais le service militaire interrompt pour deux ans sa vie parisienne (1920 : service à Chaumont en Haute-Marne; 1921 : service au Maroc).

1922 Dès son retour à la vie civile, Desnos s'intègre au groupe de *Littérature* (Breton, Aragon, Éluard, Péret, Crevel) : il participe de manière éclatante aux expériences d'écriture automatique, de sommeils hypnotiques, de récits de rêves ou de fantasmes : il expérimente de façon exemplaire les limites du langage et de la personnalité (cf. *Littérature*, n.s. n°s 5 à 12). Il entre dans ce qu'il appelle plus tard « les espaces du sommeil » *(A la mystérieuse)*.

1924 André Breton marque à plusieurs reprises le rôle irremplaçable que Desnos a alors joué dans la dynamique du mouvement surréaliste :

... *Il n'est, depuis 1921, aucune personnalité qui en poésie ait marqué aussi fortement son empreinte que celle de Robert Desnos... Le surréalisme est à l'ordre du jour et Desnos est son prophète...* (André Breton, *Journal littéraire*, 5 juillet 1924.)

Robert Desnos parle surréaliste à volonté (André Breton, *Manifeste du surréalisme.*)

Robert Desnos participe aux diverses manifestations surréalistes (première représentation de *L'Étoile au front* de Raymond Roussel dont l'œuvre exerce sur lui une fascination considérable), il signe les déclarations et
1925 lettres ouvertes surréalistes *(La révolution d'abord et toujours; Lettre ouverte à M. Paul Claudel);* il dessine et peint surréaliste (des dessins de lui sont exposés à la première exposition surréaliste).
Il écrit régulièrement dans la revue du groupe surréaliste : *La Révolution surréaliste* (décembre 1924-décembre 1929). Passionné de cinéma, il publie des chroniques cinématographiques dans divers journaux : *Paris-Journal* (1923), *Le Journal littéraire* (1925-1926), *Le Soir* (1926-1928), il écrit des scénarios : *Minuit à quatorze heures* (1925), *Les récifs de l'amour* (1930), *Les mystères du métropolitain* (1930).

Un de ses poèmes sert de motif à une réalisation cinématographique de Man Ray : *L'étoile de mer*.
L'étoile est la figure poétique et rêvée de l'étoile de music-hall Yvonne George. (Théodore Fraenkel, l'un des amis les plus proches de Robert Desnos, dit à ce propos : « Son amour pour Yvonne George fut violent, douloureux, inlassablement attentif. Il ne fut jamais partagé. ») La chanteuse meurt en avril 1930.
Pour assurer sa subsistance, Robert Desnos pratique divers métiers (Commis au Cercle de la Librairie, à la Librairie Baillière, 1922-1924); il écrit sur commande pour Jacques Doucet : *De l'érotisme* (1923), un panorama du mouvement surréaliste (1927); il lui vend des manuscrits (*Les Nouvelles Hébrides*, 1922). A partir de 1925, grâce à ses amitiés dans le milieu du journalisme (Henri Jeanson, Eugène Merle), il entame une carrière journalistique, d'ailleurs fort peu payée; il est caissier puis rédacteur à *Paris-Soir* (1924-1926), rédacteur au journal *Le Soir* (1926-1929), à *Paris-Matinal* (1927-1928), fournit des échos au *Merle* (journal satirique d'Eugène Merle). Cette activité journalistique qui occupe une large part de son temps et de son attention le rend moins assidu aux réunions surréalistes.

1926 En avril 1926, il s'installe 45, rue Blomet, dans l'ancien atelier d'André Masson. Sous l'emprise de la fatigue, de la drogue ou du vin, il y transcrit ses rêves, ses hallucinations (*Journal d'une apparition* dans *La Révolution surréaliste*, nº 9-10; *Les ténèbres*). A deux pas du Bal nègre, du quartier Montparnasse où évoluent des artistes, des réfugiés politiques, des excentriques de tous les pays, Desnos est aussi tout proche de la rue du Château où se réunissent Georges Malkine, Marcel Duhamel, Raymond Queneau, les frères Prévert.

1927 Lorsqu'en 1927, Breton, Aragon, Éluard, Péret et Unik justifient leur engagement politique au parti communiste (*Au grand jour*), Desnos fait partie de ceux qui proclament l'incompatibilité de l'activité surréaliste avec une action militante au parti communiste.

1929 L'écart s'est progressivement accentué entre Breton et Desnos. Les motifs de rupture s'accumulent : Desnos est devenu un professionnel du journalisme (dont, d'ailleurs, il dénonce lui-même les compromissions : *Les mercenaires de l'opinion* dans *Bifur*, n° 2, juillet 1929). Son voyage à Cuba (mars-avril 1928), comme représentant de la *Razon* au congrès de la Presse latine, fait quelque tapage. Lorsque enfin au début de 1929, André Breton et Aragon essaient de relancer l'activité collective (réunion de la rue du Château, 11 mars 1929), Desnos s'abstient, comme Leiris, Masson, Bataille, Limbour.

En décembre 1929, la publication par A. Breton du *Second Manifeste du surréalisme* marque la rupture définitive :

Une grande complaisance envers soi-même, c'est essentiellement ce que je reproche à Desnos...

Les exclus ripostent par le pamphlet : *Un cadavre* et Desnos publie dans *Le courrier littéraire* d'Eugène Merle (1er mars 1930), le *Troisième Manifeste du surréalisme.* Ainsi s'achève la polémique.

PUBLICATIONS JUSQU'EN 1930 :

Deuil pour deuil, 1924, chez Kra (réédité en 1962, Gallimard).

C'est les bottes de 7 lieues cette phrase « Je me vois », 1926, éditions de la Galerie Simon, avec quatre eaux-fortes d'André Masson.

La liberté ou l'amour, 1927, chez Kra (réédité en 1962, Gallimard).
La liberté du texte entraîne un procès; l'épisode du Club des buveurs de sperme est supprimé. Il a été réintroduit dans la réédition de 1962.

La papesse du diable, 1929, « roman de mystère, de magie et d'amour », éditions de Lutèce, sous les pseudonymes de Jehan Sylvius et Pierre de Ruynes. Ce texte a été écrit par Desnos en collaboration avec Renée Dunan, journaliste et romancière, réédité en 1966 par Éric Losfeld.

The night of loveless nights, 1930, illustrations de Georges Malkine, hors commerce, Anvers.

Corps et biens, 1930, Gallimard (réédité en 1968, Poésie/Gallimard). Comprend les poèmes publiés en revue de 1919 à 1929, avec des remaniements ou des ajouts.

Les années trente sont marquées par divers bouleversements dans la vie du poète : il vit avec Youki Foujita (une des reines de Montparnasse), d'abord 6, rue Lacretelle, puis à partir de juillet 1934, au 19, rue Mazarine (VIe arrondissement). La jeune femme trouve sa figuration poétique dans l'image de la sirène à laquelle répond, pour l'amant, l'image de l'hippocampe (parfois celle de l'oiseau auquel la sirène apprend à chanter).

1931 Le poème *Siramour* inscrit cette redécouverte de l'amour qui conduit sans trahison de l'étoile à la sirène, de la disparue à la vivante :

Sais-tu quelle chaîne effrayante de symboles m'a conduit
de toi qui fus l'étoile à elle qui est la sirène?
Ô sœurs parallèles du ciel et de l'Océan!

1932 Pour Youki, il compose *Le livre secret* (1932) où poèmes et gouaches alternent, *Les nuits blanches* (1932) où les récits de rêves de Youki alternent avec les poèmes-chansons de Desnos.

1933 Jusqu'en 1933, la vie du couple est matériellement difficile : Desnos fait de la gérance d'immeubles, écrit pour l'A.L.I. (Agence Littéraire Internationale), fait quelques conférences à Radio-Paris.
C'est en novembre 1933 qu'il réalise avec Paul Deharme la célèbre émission radiophonique : *La grande complainte de Fantomas* (diffusée sur Radio-Paris et les postes régionaux).
Paul Deharme crée *Information et publicité*, organisme qui propose et réalise des émissions publicitaires essentiellement radiophoniques. Grâce à Armand Salacrou qui confie à Desnos la publicité de tous les produits pharmaceutiques dont il a la gestion (la Marie-Rose, le vermifuge Lune, la Quintonine, le thé des familles, le vin de Frileuse), le poète devient rédacteur publicitaire aux Studios Foniric, 22, rue Bayard, et anime l'équipe qui invente et réalise au jour le jour les émissions diffusées sur Radio-Luxembourg et le Poste Parisien (parmi les plus connues : *Le salut au monde*, adaptation radiophonique du poème de Walt Whitman, avec la collaboration de nombreux

artistes et d'Aléjo Carpentier pour la musique, en juillet 1936; *La clé des songes* en 1938).

Cette activité radiophonique (1934-1939), par l'invention et la disponibilité perpétuelles qu'elle exige, le contact permanent avec le public, le travail collectif qu'elle implique, satisfait grandement Desnos. Il y expérimente tout particulièrement les relations du texte publicitaire avec le motif musical et tente de promouvoir une culture et un art radiophoniques.

Captivante, l'activité radiophonique ne lui laisse guère le temps de publier. Il laisse inachevé un roman entrepris en 1931 : *La raison sociale ou les horreurs de l'amour;*
1936 il s'astreint, en 1936, à écrire un poème chaque soir :

Durant toute cette année et jusqu'au printemps 1937, je m'étais contraint à écrire un poème chaque soir, avant de m'endormir. Avec ou sans sujet, fatigué ou non, j'observai fidèlement cette discipline. J'emplis ainsi une série de cahiers où, on l'imagine, le déchet fut grand quand, en 1940, j'entrepris de les relire. (Postface d'*État de veille*, 1943.)

Il écrit pour les enfants de ses amis (*Le parterre d'Hyacinthe, La ménagerie de Tristan* pour les enfants de Lise et Paul Deharme, en 1932; *La géométrie de Daniel* pour le fils de Madeleine et Darius Milhaud en 1939). Seul le recueil des *Sans cou* est publié en 1934 avec l'aide amicale d'Armand Salacrou.

Par la pratique radiophonique, Desnos peut donner libre cours à sa passion de la musique; il fait de la critique musicale et constitue une importante discothèque. Par ailleurs il écrit des textes destinés à être mis en musique : *La cantate pour l'inauguration du musée de l'Homme, La cantate des quatre éléments* (toutes deux pour une musique de Darius Milhaud), des lyrics pour des films *(Panurge)* et des chansons de variétés (dont un grand nombre mises en musique par Cliquet-Pleyel).

De la publicité radiophonique il passe parfois à la production de documentaires cinématographiques. Il écrit ainsi le commentaire de *Records 37*, réalisé par J.-B. Brunius, celui de *Sources noires* (1938).

Dès 1933, Desnos fut alarmé par la montée du fascisme en Europe. En 1934, il adhère au Front commun de Gaston Bergery contre le fascisme et le gros capital, mais aussi contre le principe marxiste de la lutte des classes; il se range du côté du Front populaire en 1936.

Très attaché à l'Espagne où il a noué des relations amicales lors de séjours en 1932 et 1935, il est particulièrement touché par la guerre civile qui s'y déroule et l'intervention italienne et allemande qui conduit la république espagnole à l'échec. Il aide son ami Jean-Louis Barrault à monter *Numance*.

1937 Participant activement aux manifestations de l'Association internationale des écrivains pour la défense de la culture dont le deuxième congrès, tenu symboliquement en Espagne républicaine, s'achève à Paris le 18 juillet 1937 (avec un spectacle présenté par Desnos), il prête son concours pour l'animation des Maisons de la culture, il publie des poèmes et des critiques de disques dans *Commune* (1938-1939), *Europe* (1939), enfin il se charge de la rubrique des disques dans *Ce soir* (1937-1939), quotidien de tendance communiste créé et dirigé par Aragon. En ces années qui précèdent la guerre, la position de Desnos est clairement engagée : contre le fascisme, contre l'antisémitisme; devant la défaite des républicains espagnols, l'extension du nazisme, Desnos est de ceux qui pensent que la guerre est inévitable et qu'il faut s'y préparer matériellement et moralement : en tant qu'intellectuel c'est sur ce dernier point qu'il essaie d'intervenir, dénonçant tout esprit de soumission et de défaite, exaltant les conquêtes des hommes sur les divers fléaux qui les menacent, tentant de faire partager à ses auditeurs, ses lecteurs ou son public sa volonté de lutter et de vaincre. C'est ainsi qu'en 1939 la lutte contre le fascisme hitlérien conduit à ranimer des positions nationalistes. Certains ont vu alors dans Desnos un belliciste et un patriote naïf qui faisait siennes les positions idéologiques qu'il avait combattues à l'issue de la guerre 1914-1918. C'est oublier que la situation historique avait changé.

1939 Le 3 septembre 1939, c'est la guerre. Le sergent fourrier Desnos rejoint le 436e régiment de pionniers (1re compagnie) à Nantes; son régiment est envoyé en Lorraine. L'hiver est rude, la guerre est absente; deux permissions mettent Desnos devant l'évidence : à l'arrière, aux Deux

Magots ou au Flore, on est défaitiste. En cet hiver 1939-
1940 1940, le plus dur est de garder le moral et Desnos s'y emploie. La débâcle de juin 1940, les marches forcées à travers la France conduisent son régiment jusqu'en Dordogne (Prats-du-Périgord). Ce brutal effondrement n'entame pas le courage du poète :

> *Il faut mettre les choses au pire, c'est-à-dire victoire d'Hitler, et garder de côté nos espoirs, sûr : puissance de l'Angleterre, possible : attitude des U.S.A., douteux : intervention des U.R.S.S. En ce qui concerne une victoire allemande nous avons vu des événements analogues : captivité de Jean le Bon, captivité de François Ier, le royaume de Bourges, 1814, 1815, 1870 et tant d'autres défaites. L'histoire d'un pays vivant est faite de cela et quant aux pertes de territoires, elles sont la rançon de l'activité et de la vie. La Chine est un précieux exemple en ce sens qui survit aux millénaires en dépit des conquêtes. Non, ce qui importe c'est le degré de vassalité auquel nous serons réduits et partant de combien nos libertés seront hypothéquées et notre vie sociale diminuée. En ce sens il nous faudra du courage à tous les deux, beaucoup de courage mais je suis dès maintenant sûr d'en sortir en deux ou trois ans* (Lettre à Youki, 3 juillet 1940.)

Le 20 août 1940, Desnos reçoit un laissez-passer pour Paris. Le 10 septembre il entre comme rédacteur littéraire et d'informations au journal *Aujourd'hui* que crée Henri Jeanson.

PUBLICATION DE 1931 A 1940 :

Les sans cou, 1934, avec deux eaux-fortes d'André Masson, hors commerce.

L'espoir que Desnos et Jeanson pouvaient avoir de garder une certaine liberté d'opinion à *Aujourd'hui* est vite déçu : Jeanson quitte le journal le 21 novembre; Georges Suarez en prend la direction. Désormais le journal est aux mains de l'occupant. Desnos cependant ne le quitte pas : il abandonne sa chronique *La revanche des médiocres*, se cantonne dans les comptes rendus litté-

raires où ses colères resurgissent cependant (polémique
1941 avec Louis-Ferdinand Céline en 1941, avec Pierre Pascal en 1942. « Philoyoutre, antifasciste, enjuivé, perdu de tout », telles sont les épithètes que Desnos récolte dans la bataille). Sa participation au journal se réduit bientôt à de brefs articles signés : « L'homme de jour » (il n'est pas seul à utiliser cet « omnibus »). Le moindre événement lui est prétexte à rappeler qu'il faut lutter et ne pas désespérer; mais le contexte n'étant pas polémique, la censure laisse passer.

1942 Si Desnos se maintient au journal c'est que ses fonctions, même réduites, lui permettent d'assister aux conférences de presse quotidiennes où les nouvelles sont filtrées, orientées pour la publication. En effet depuis juillet 1942 il fait partie du réseau « Agir » auquel il transmet les informations qu'il recueille; il aide également à la confection de fausses pièces d'identité.

Son travail au journal lui laisse le temps d'écrire et de publier, et les années 1942-1944 contrastent avec les années trente.

1943 *Fortunes* (1942) rassemble les œuvres de 1930-1937, *État de veille* (1943) achève le bilan de l'année 1936-1937 et propose des « couplets » destinés à être mis en musique ainsi que « quelques poèmes, en apparence plus classiques ». Ce recueil s'achève sur cette réflexion qui ne cesse de hanter Desnos en cette période :

En définitive ce n'est pas la poésie qui doit être libre, c'est le poète.

En 1943 encore, il publie un roman sur les drames de la drogue dont il a été à plusieurs reprises témoin : *Le vin est tiré.*

1944 Il est déjà arrêté quand paraissent *Contrée*, *Le bain avec Andromède;* ces textes tentent de réaliser une poésie où coexistent les contraires (sujets de circonstance et thèmes constants, langage populaire et perfection formelle; le prosaïque et le poétique). Enfin les *Trente chantefables pour les enfants sages* paraissent également en 1944.

Au moment de l'arrestation du poète, *Calixto* est achevé,

un recueil de nouvelles est en cours d'élaboration : *Jours de noces*, ainsi qu'un recueil poétique : *Sens*.

Pendant cette période, Desnos rédige des scénarios de films (*Bonsoir mesdames, bonsoir messieurs*), adapte pour l'écran des œuvres littéraires (*La belle Sarrazine* à partir du *Succube* de Balzac), fait des projets d'opéra-films ou de ballets.

En même temps, il publie des poèmes dans des revues clandestines (dans *Profil littéraire de la France, Poésie 42, Lettres, L'honneur des poètes, Europe, Méridiens, Confluences, Messages, Poésie 44*).

Le 22 février 1944 il est arrêté en même temps qu'André Verdet, et incarcéré à Fresnes; il subit deux interrogatoires, les 4 et 5 mars; le 20 mars il est transféré à Compiègne (camp de Royallieu).

Le 27 avril, il fait partie du convoi de mille sept cents hommes, déportés en représailles à la condamnation à mort de Pucheu à Alger.

Le 30 avril le convoi atteint Auschwitz.

Le 12 mai il repart pour Buchenwald.

Le 25 mai, réduit à un millier d'hommes, le convoi gagne Flossenburg.

Enfin les 2-3 juin, cent quatre-vingt-cinq hommes, dont Desnos, sont acheminés vers le camp de Floha en Saxe où les prisonniers fabriquent des carlingues de Messerschmitt. C'est là que pendant près d'un an, Desnos lutte pour survivre à la faim, à l'humiliation, à la totale détresse.

1945 Le 14 avril 1945, le kommando de Floha est évacué; une part est acheminée jusqu'à Terezin, en Tchécoslovaquie; la plupart des prisonniers y arrivent épuisés, malades et meurent du typhus.

Robert Desnos meurt le 8 juin 1945.

Nul écrit du poète ne subsiste de cette année en camp de concentration. Ceux qui revinrent de Floha et eurent l'occasion de côtoyer Desnos témoignent unanimement de son énergie à défendre la dignité humaine dans ces conditions où rien d'humain ne semblait exister. Ainsi alla-t-il jusqu'au bout du combat qu'il avait choisi de mener.

PUBLICATIONS DE 1941 A 1945 :

Fortunes, 1942, Gallimard (réédité en 1969, Poésie/Gallimard).
État de veille, 1943, éditions R. J. Godet, Paris, dix gravures de Gaston-Louis Roux.
Le vin est tiré, 1943, Gallimard.
Contrée, 1944, éditions R. J. Godet, Paris, eau-forte de Picasso (réédité en 1962, avec *Calixto*, Gallimard).
Le bain avec Andromède, 1944, éditions de Flore, Paris, illustrations de Félix Labisse.
Trente chantefables pour les enfants sages, 1944, Gründ, Paris, illustrations de Félix Labisse.
Trente chantefables pour les enfants sages, 1944, Gründ, Paris, illustrations d'Olga Kowalewsky.
Félix Labisse (essai critique), 1945, éditions Séquana.

N. B. : la publication de tous ces textes avait été préparée par Robert Desnos avant son arrestation.

PUBLICATIONS APRÈS 1945 (compte non tenu des rééditions signalées précédemment) :

La place de l'Étoile, 1945, Antipoème, collection « Humour », Rodez (pièce de théâtre écrite en 1927 et remaniée début 1944).
Choix de poèmes, 1946, éditions de Minuit.
La rue de la Gaîté, 1947, Les 13 Épis, Paris, Eaux-fortes de Lucien Coutaud (contient également *Le voyage en Bourgogne*, vraisemblablement composé en 1930).
Les trois solitaires, 1947, Les 13 Épis, Paris, lithographies d'Yvette Alde. (Récit écrit en 1928 sous le titre : *Les territoires de la nuit, Les trois solitaires.* Le recueil comporte également : *Longtemps après... hier, Poème pour Marie ; A la Hollande ; Mon tombeau.*)
Les regrets de Paris, 1947, *Cahiers du Journal des Poètes*, Bruxelles-Antibes (comprend cinq poèmes dont quatre déjà publiés dans *Contrée* et *Réflexions sur la poésie*).
Chantefables et chantefleurs, 1952, Gründ, Paris, dessins de Christiane Laran.

De l'érotisme considéré dans ses manifestations écrites et du point de vue de l'esprit moderne, 1953, Cercle des Arts, Paris (texte écrit en 1923, à l'intention de Jacques Doucet).

Domaine public, 1953, Gallimard, (réunit *Corps et biens*, *Fortunes*, quelques poèmes extraits d'autres recueils et quelques inédits).

Mines de rien, 1957, Broder (comprend sept poèmes).

Calixto, suivi de *Contrée*, 1962, Gallimard.

Cinéma, 1966, Gallimard (scénarios, articles de critique cinématographique).

De tous les spectacles, sans date, P.A.B., (fragment de prose).

NOTES

Page 15. PROSPECTUS

Le manuscrit de *Prospectus* conservé à la Bibliothèque Nationale comporte un dessin avec dédicace à Paul Éluard qui est reproduit en fac-similé au début de ce volume. S'y ajoutent un portrait de Robert Desnos avec cet aphorisme :

Rrose Sélavy ?
C'est aussi Madeleine pour le bal
ajustant Mal son bas de laine
à Paul Éluard.
24 décembre 1923. Robert Desnos

et l'indication des divers exemplaires manuscrits de *Prospectus :*

Il existe de Prospectus

- *Les manuscrits originaux la plupart en double exemplaire, propriété de Louis Aragon et André Breton*
- *des copies anciennes et manuscrites, propriétés de messieurs L.G. Frick, Smara, Quesnel etc. et de Mme Rirette Maîtrejean*
- *la présente copie sur papier rouge à Paul Éluard*
- *une copie manuscrite et tapée à la machine : André Breton et Louis Aragon*
- *une copie manuscrite et tapée à la machine : Max Ernst, B. Péret, Max Morise, archives du Treizième Régiment de tirailleurs algériens.*

L'ensemble des poèmes de *Prospectus*, à l'exception du dernier de ce recueil, a paru dans la revue *Europe* en mai-juin 1972, nº 517.

Page 18. J'ENTRAI DANS LE GRAND MAGASIN...

Dans le manuscrit que possède Louis Aragon et dont les variantes par rapport au manuscrit de la Bibliothèque Nationale ont été intégralement relevées par Pierre Lartigue (revue *Change*, nº 13, 1972), on note que la seconde strophe comporte un vers supplémentaire :

Il consentit enfin
à me vendre un piège à rat
Breveté SGDG.

Page 24. AU BORDEL D'ÉPINAL...

Le manuscrit Aragon comporte diverses variantes, dont deux importantes. A la seconde strophe, un vers supplémentaire s'intercale entre les vers 4 et 5 :

Trempent une patte dans l'eau sale.
Le coq régit la basse-cour,
Aimes-tu bien les Demoiselles ?

A la troisième strophe, deux vers s'ajoutent :

trois perles d'or et deux d'argent
deux onces d'onguent
et un missel relié de noir

Page 27. LA MARCHANDE DES QUATRE SAISONS...

Nous avons joint aux poèmes constituant le manuscrit de *Prospectus* déposé à la Bibliothèque Nationale *La marchande des quatre saisons*. Il a été publié en même temps qu'un poème de *Prospectus : Elles sont mortes les abeilles* dans *L'Almanach des saisons*, nº 1, 2ᵉ année, printemps 1921.

Le manuscrit Aragon en comporte une version très différente que nous reproduisons ici :

Entrons dans le jardin des fleurs en fil de fer
Voici rôder le souvenir
Des amants et des mères.

Le dauphin qu'au travers des miroirs
je regarde bien souvent
pourrit en maints fossés noirs
puis se disperse au gré des vents.

A la fenêtre d'un sixième
un nourrisson pleure de vivre.
La porte du jardin des fleurs en fil de fer
est en tôle de première qualité
avec un écriteau d'émail vert :

ENTREZ SANS FRAPPER

Page 29. PEINE PERDUE

Peine perdue rassemble divers textes dont le manuscrit se trouve à la Bibliothèque Nationale, dans une liasse qui comporte, outre *Prospectus* que nous publions ici, *Le fard des Argonautes, L'ode à Coco* parus dans *Corps et biens, Les veilleurs* publié en tête de *La liberté ou l'amour*, des fragments de *Deuil pour deuil*, des poèmes de *Langage cuit* et de *L'aumonyme*.

Point du jour et *Sur l'autre rive* ont paru dans *Change*, nº 13, décembre 1972.

Nous avons retenu ici les textes inédits et, parmi eux, une série de poèmes dont le manuscrit n'est pas de la main de Desnos ; il s'agit de quatre feuillets comportant *La caravelle est morte, Les réverbères de chaque côté de la rue, Les flots à pleine gueule, Et la mort liquide, O cieux j'ai sanctifié le destin des départs, La dissection des crânes*, ainsi que la lettre ou pseudo-lettre adressée à « Old Nelly » et signée Jacques Vaché. Rien ne permet, dans la facture de ces textes, de trancher de manière décisive de leur attribution. Deux hypothèses sont envisageables : ou bien Desnos a grossi la liasse qu'il proposait à un collectionneur en y intégrant des textes qui n'étaient pas de lui (mais de qui sont-ils ? l'attribution à Jacques Vaché paraissant ludique) ; ou bien le volume a été accru par ajout de textes qui sont bien de Desnos mais non de sa calligraphie. C'est cette dernière hypothèse qui nous a paru la plus vraisemblable.

MON CHER AMI...

Ce texte est écrit sur un papier à en-tête de la Brasserie Cyrano.

Page 31. POINT DU JOUR

La parodie de *Marseillaise* que comporte *Point du jour* joue sur une redistribution des mots dans la phrase. Desnos a fait une autre parodie du même texte, fondée cette fois sur des jeux d'homophonie; nous la reproduisons ici :

L'AME A SES AISES

à Max Ernst.

Halle aux enfants d'hélas : Patrie.
Les joues raides Gloire est tard rivée,
contrées où d'aile (à tire) an nie.
L'étang d'art, sans gland, est levé.
Les temps, dard et sangle, dentelle œuvrée.
Antan dévoue les dents aux peignes,
Ruminez, les fées rosses! Seule Léda
envie? haine? juge quidam aux bras.
Ses corsets aux filets de coton? pagnes
hasard des cimes mitoyen?
— fourmis! ses bras? — haillons!
Marchons Marchons
Caïn sent Caïn : pur arbre œuf de Sion
Roux jouet de lit (le)

Robert DESNOS.

Le verso de la première page de *Point du jour* comporte l'ébauche suivante :

Le monde
se levait comme l'aube.

Gagnerons-nous la mer, avec des cloches
dans les poches, avec le bruit de la mer
dans la mer, ou bien serons-nous les porteurs
D'une eau plus pure et silencieuse

L'obscurité sur nous

Page 35. ET VOILÀ QUE TOUT UN CIMETIÈRE...

On trouve dans ce texte le titre du recueil publié en 1926 :
C'est les bottes de 7 lieues
cette phrase « Je me vois »

Page 35. SA MAJESTÉ LE VERRE
DANS SON PALAIS DE GLAÏEUL...

A la suite de ce texte vient une ébauche de prose que nous reproduisons ici :

Le grand divorce qui sépara le Poète et le philosophe du lecteur, pour avoir été pendant longtemps avant n'en date pas moins de la découverte de l'imprimerie. Du jour où les partisans de l'instruction eurent en main cet instrument la gangrène gagna silencieusement les différentes couches d'imbéciles qui constituent les couches d'assise d'une nation. Les rois et les épiciers, les soldats et les artisans, tout ce qui relève d'un métier quelconque et de la stupidité perpétra imprimément vers et proses.

Page 43. LES FLOTS À PLEINE GUEULE AVALENT...

C'est après ce texte que se situe la lettre à « Old Nelly » que nous reproduisons ici :

Paris 25 mai

Old Nelly

Where are you now. I don't know. But I want know. Si vous voyez la femme du bistrot que vous savez ne manquez pas de lui réclamer la photographie du beau gosse et au surplus vous pouvez rejoindre la chambre elle n'est pas payée. Si tu me rencontres un jour passe sur l'autre trottoir. Je n'aurai qu'à ne pas te voir. Au revoir.

Jacques Vaché.

Page 45. À LA HOLLANDE

Nous ajoutons aux textes issus du manuscrit de la Bibliothèque Nationale deux poèmes qui ont paru dans *Les trois solitaires* (1947) : *A la Hollande* et *Poème pour Marie.* Pour le premier de ces textes, une ébauche manuscrite déposée à la Bibliothèque Littéraire Jacques Doucet laisse penser qu'il est contemporain des *Prospectus.* Rien ne permet de dater avec certitude le *Poème pour Marie.*

Page 49. C'EST LES BOTTES DE 7 LIEUES CETTE PHRASE « JE ME VOIS »

Nous donnons ci-dessous deux poèmes dont les manuscrits ont été insérés par Desnos dans l'exemplaire de *C'est les bottes de 7 lieues cette phrase « Je me vois »* qu'il a dédicacé à André Breton. *Champs des barbares* est précédé de : « A André Breton, le 1er juillet 1926 »; *La rose au bord du mur* est signé : « Robert Desnos ami d'André Breton ».

CHAMPS DES BARBARES

Moi barbare arrêté au bord des mers occidentales voici ce que j'ai vu !
Des arcs-en-ciel mouraient parmi les étoiles d'araignées
Et sur une route il y avait des traces de pas
Je voyais le soleil mourir parmi les flots qui sont à l'ouest d'ici et à l'est de mon pays
mon amour et mon cœur étaient de grands oiseaux
qui volaient parmi une multitude d'astres
Et je mourais ô idéal à l'heure où cela plaisait
à moi
et à l'amour
les flots en reculant sans cesse sur les dunes découvraient des monceaux
d'ossements que le soleil fendu comme un œil que l'on crève ou
comme une bouteille d'encre brisée
rendaient pareils à ces flacons si jolis aux devantures des parfumeurs
moi je suis l'homme rouge et nu qui sort sa verge devant
les femmes
et la cache dans l'amour et devant lui
adieu bateaux pêcheurs partis pour l'occident

vous tournerez sans cesse
sans me rejoindre et peut-être
ô regards vous reflétez-vous encore dans ces mers occidentales
Devant lesquelles moi barbare je me suis arrêté
Le soleil pareil à du sable qu'on brûle
à minuit dans une sablière
avec des caillots de sang et des cheveux de cette femme
de cette fameuse femme vous savez
La femme vous savez, moi barbare, m'a séduite
Et civilisé, aux pieds nickelés
aux dents d'or
je suis reflets parmi les rayons de fer et d'acier
et j'ai vu. J'ai vu mourir les astres dans mes ongles
La félicité non pareille, la femme que vous savez, mourir
dans mes ongles
Et peut-être en dépit des flots reculant sans cesse devant
les cimetières
ô pilote perdu dans ces mers d'occident
êtes-vous des oiseaux morts depuis des siècles
et dont le squelette bat sinistrement l'air
répercuté par les échos
tandis que l'oiseleur se dessèche à tendre ses rets

LA ROSE AU BORD DU MUR

Eh quoi? Déjà toi pareille aux herbes qui se penchent
pareille aux vents qui se dispersent
pareille à la merveille et à l'habitude
J'ai mis ce matin même un peu de boue à ma boutonnière. Un peu
de boue
et que l'eau qui murmure se taise.
Je vous jure que cette eau m'empêchera de parler et peut-être de
vivre
L'eau liquide qui glisse entre les doigts comme un drapeau
Je ne crois pas aux liquides ni aux drapeaux
mais à l'héliotrope qui tourne avec le soleil et la silénotrope qui
tourne
avec la lune
Qu'ai-je fait

Le verre se brise quand je parais
Réparez vos devantures et vos glaces ô boutiques
Un fleuve une main un fleuve une main et je pars avec mes deux yeux
et mes deux mains
Serrures mots imbéciles et plus imbéciles encore les clefs
Il n'y a pas de porte pour moi
Un astre né le jour de mort se reflète dans les verres démontés
Je crois que tout est fini et cela commence
Un jour près de sept gares je rencontrai le scorpion mâle et le papillon
Ils ne me dirent que minuit
sur un ton lointain
un ton lointain de connivence
Suis-je l'auteur de minuit et celui de la terre
adriatique ou polaire peu importe
J'ai mis de beaux souliers de glace
Un cœur de soleil et de mercure
Le capitaine du bateau pirate salue de la main le ciel proche
On tend déjà le drap noir sur ma porte
ma clef n'ira plus dans ma serrure
ni vos regards jusqu'à mon cœur
Je suis déjà l'océan
Et peut-être même le ciel
boulevard du crime
Étonnantes forêts de la nuit blanche
et chaude au contraire du pôle
dans quels sentiers perds-tu mes pas?
Je souris
La glace fond et je disparais au travers des images successives
Le coup final le coup fatal me surprend en plein sommeil
Le peuple accourt en vêtement de fleurs
Bataille de fleurs sur les tombeaux vous n'êtes que peu de
nuages dans un ciel d'été
L'océan la fleur et le cri du cœur
au loin
voici voici voici le murmure des vitres brisées
déjà et brisées à nouveau sous les pas!
capucines
capucines
Les capucines étaient de jolies femmes

Les capucines
ô mort ô oiseaux
ô amour
la femme que vous savez
la femme que vous ne savez pas
La femme que je sais
que moi seul je sais

Page 63. YOUKI 1930 POÉSIE

Quatre poèmes de *Youki 1930 Poésie* ont paru dans *Domaine public.* Ce sont : *L'oiseau mécanique, Pas vu ça, Chanson du petit jour, La créole* (sous le titre *La négresse*). *Une ville* a paru dans *Le Monde,* 10 janvier 1975; *Demi rêve* et *Le canapé de Paméla* dans *La Quinzaine littéraire,* 16 janvier 1975.

Page 66. CHANTEPLEURE

Trois poèmes de *Youki 1930 Poésie (Chantepleure, Nuits, La fleur du mois de mai)*, ainsi que *Conte de fée* (qui figure dans *Les nuits blanches*) et *Chanson* (dans *Bagatelles*), ont paru sous le titre de *Fleurs et femmes* et sous la signature de Youki Foujita dans la revue *Notre temps,* n° 158, 4 septembre 1932.

LES NUITS BLANCHES

Page 102. LOU LA REQUINE

Le poème comporte une version manuscrite incomplète dans *Les nuits blanches :* y manquent les parties I et II. Un exemplaire dactylographié déposé à la Bibliothèque Littéraire Jacques Doucet permet de rétablir ces deux parties manquantes dans le manuscrit.

Page 113. CONTE DE FÉE

Ce poème a paru dans *Domaine public.*

BAGATELLES

Page 129. TOUR DE LA TOMBE

Les poèmes *Tour de la tombe* et *Couchée* sont repris de *Domaine public. Chansons brèves, Minotaure* et *La Reine couchée dans son lit...* ont paru dans les *Cahiers du Sud*, n° 298, 2e semestre 1949; *La chambre close* dans *Le Monde*, 10 janvier 1975.

Page 134. LA MÉNAGERIE DE TRISTAN

L'araignée à moustaches et *Le chat qui ne ressemble à rien* ont paru dans *Les Lettres françaises*, n° 573, 16-23 juin 1955. *L'éléphant qui n'a qu'une patte* a paru dans *Robert Desnos* par Pierre Berger, collection « Poètes d'aujourd'hui », Seghers, 1949.

Page 140. LE PARTERRE D'HYACINTHE

L'anémone qui régnait sur la mer a paru dans *Robert Desnos* par Pierre Berger, 1949.

Page 157. MINES DE RIEN

A la suite des sept poèmes de *Mines de rien*, nous avons placé *Chant pour la belle saison*, paru dans *Commune* (février 1938) ainsi que trois chansons reprises de *Domaine public* et qui datent très vraisemblablement de la même époque.

Page 203. SENS

A l'arrestation de Desnos, le dossier de *Sens* comportait : *Art poétique, En descendant des collines au printemps, Crépuscule d'été, Fenêtre, Ohé de la vallée, Cheval, Le promontoire.* Ces textes ont paru dans la revue *Europe* en mai-juin 1972, n° 517. Le fac-similé du manuscrit de *Cheval* a paru dans *Les Lettres françaises*, n° 573, 16-23 juin 1955, et un état assez différent du poème *En descendant des collines au printemps* dans la revue *1492 Revue internationale des arts et lettres*, numéro spécial 3, mars 1963.

Nous y avons ajouté cinq poèmes provenant soit des *Cahiers du Sud*, nº 298, 2e semestre 1949, pour *L'étoile du matin*, *Le miroir et le monde*, *Quatre saisons*, soit de *Change*, nº 13, décembre 1972, pour *Chanson de route* et *Printemps*.

Page 214. CHANSON DE ROUTE

Les *Cahiers du Sud* comportent une version assez différente de *Chanson de route*. Nous la reproduisons ici :

CHANSON DE ROUTE

C'est au crottin de Minotaure
Qu'Eustache a fumé son jardin
Pour du crottin c'est du crottin
A moins qu'il n'ait tort
Et que ce ne soit de la bouse?

C'est avec du crottin de Sphynx
Qu'Eustache a fumé son jardin
Vous dites du crottin de Sphynx?
Pour du crottin c'est du crottin
Vrai il se pousse du larynx

Avec du crottin de Centaure
Eustache a fumé son jardin
Avec du crottin de Centaure?
Pour du crottin c'est du crottin
Cet Eustache va un peu fort

Avec du crottin de Pégase
Eustache a fumé son jardin
Avec du crottin de Pégase?
Pour du crottin c'est du crottin

Mais peut-être cet Eustache a tort
Le crottin ça vient simplement
D'un vrai cheval, d'un canasson
Nourri d'avoine et de son.

Page 215. PRINTEMPS

Le poème fut écrit par Desnos lors de son internement au camp de Royallieu à Compiègne. Une ébauche assez différente en subsiste sur un agenda, à la Bibliothèque Littéraire Jacques Doucet. Elle prend déjà la forme du sonnet, mais seuls les premiers et le dernier vers y sont déterminés; entre eux, marqué par dix tirets, est dégagé un espacement de dix lignes, lieu d'attente où se fût cristallisé le poème. A partir d'un premier vers identique à celui de la version définitive, le poème se fût sans doute différemment développé :

Tu, Rrose Sélavy, hors de ces bornes erres
Soucieuse qu'un pas dans le sable marqué
Ne révèle
[*suivent les dix tirets*]
Elle s'attache à toi comme une ombre à tes pas

Page 216. A LA CAILLE

A la caille titre les six poèmes en argot parus dans *Messages*, n° 11, 1944. En réalité, Desnos prévoyait d'écrire vingt-quatre poèmes en argot qu'il eût intégrés dans *Sens;* le cahier sur lequel il avait entrepris ce travail comporte deux poèmes qui n'apparaissent pas dans *Messages* et que nous avons joints aux six poèmes de *A la caille : Rue Aubry-le-Boucher* et *A Pierrot les Grandes Feuilles.* Pierrot les Grandes Feuilles désigne Pierre Devaux, qui écrivit divers textes en argot dont *Les Dieux verts.* Desnos fait référence aux *Dieux verts* dans la seconde des *Réflexions sur la poésie.*

Page 222. CE CŒUR QUI HAÏSSAIT LA GUERRE

Nous avons rassemblé sous ce titre les poèmes qui n'ont pas recours à l'argot et que Desnos publia dans diverses revues clandestines :

Si, comme aux vents désignés par la rose dans *Méridiens*, n° 8, juillet-août 1943.

Le legs, signé Lucien Gallois, dans *L'honneur des poètes*, 14 juillet 1943.

Ce cœur qui haïssait la guerre, signé Pierre Andier, dans *L'honneur des poètes*, 14 juillet 1943.

Chant du tabou, signé Valentin Guillois, dans *L'éternelle revue*, n° 1 n. s., décembre 1944.

Sol de Compiègne, 28 mars 1944, signé Valentin Guillois, dans *L'éternelle revue*, n° 1 n. s., décembre 1944.

Le veilleur du Pont-au-Change, signé Valentin Guillois, dans *L'honneur des poètes II*, mai 1944.

Nous y avons joint le poème :

Vaincre le jour, vaincre la nuit, publié en juillet 1947 dans *Les regrets de Paris* (collection des Iles de Lérins, Cahiers du Journal des poètes, Bruxelles-Antibes).

Page 236. RÉFLEXIONS SUR LA POÉSIE

Ces réflexions ont d'abord paru dans *Les regrets de Paris*, puis ont été reprises dans *Domaine public*.

DESTINÉE ARBITRAIRE *

I.

1919-1926

PROSPECTUS 1919

* Tous les poèmes dont les titres, dans la table des matières, sont précédés d'un astérisque sont, à notre connaissance, inédits, n'ayant fait l'objet d'aucune publication, ni en revue, ni en livre.

PEINE PERDUE

C'EST LES BOTTES DE 7 LIEUES
CETTE PHRASE « JE ME VOIS »

II

1930-1939

YOUKI 1930 POÉSIE

LES NUITS BLANCHES

BAGATELLES

LA MÉNAGERIE DE TRISTAN

LE PARTERRE D'HYACINTHE

LA GÉOMÉTRIE DE DANIEL

MINES DE RIEN

III

1943-1944

ÉTAT DE VEILLE

LE BAIN AVEC ANDROMÈDE

SENS

À LA CAILLE

CE CŒUR QUI HAÏSSAIT LA GUERRE

DU MÊME AUTEUR

Dans la même collection

CORPS ET BIENS. *Préface de René Bertelé.*

DESTINÉE ARBITRAIRE. *Édition de Marie-Claire Dumas.*

FORTUNE.

Ce volume,
le cent douzième de la collection Poésie,
a été achevé d'imprimer sur les presses
de l'imprimerie Bussière à Saint-Amand (Cher),
le 11 juillet 1990.
Dépôt légal : juillet 1990.
1er dépôt légal dans la collection : octobre 1975.
Numéro d'imprimeur : 1964.
ISBN 2-07-032154-1./Imprimé en France.

50123